Pablo Neruda:
Aufenthalt auf Erden
Gedichte

Deutsch von Erich Arendt und Stephan Hermlin

Deutscher
Taschenbuch
Verlag

dtv

Von Pablo Neruda
sind in der Sammlung Luchterhand
im Deutschen Taschenbuch Verlag erschienen:
Der Große Gesang (11816)
Liebesgedichte (11817)
Letzte Gedichte (11818)
Ich bekenne, ich habe gelebt (11819)

Sammlung Luchterhand im dtv
Ungekürzte Ausgabe
September 1993
Deutscher Taschenbuch Verlag GmbH & Co. KG,
München

Titel der spanischen Originalausgabe:
›Residencia en la Tierra I y II/Tercera Residencia‹

ISBN 3-630-61423-4
Von Stephan Hermlin wurden ins Deutsche übertragen:
›Ode an Federico García Lorca‹, ›Vereinigung unter neuen Bannern‹, ›Erklärung einiger Dinge‹, ›Gesang für die Mütter toter Republikaner‹, ›Wie Spanien immer war‹, ›Ankunft der Internationalen Brigaden in Madrid‹, ›Die Schlacht am Jarama‹, ›Beleidigtes Land‹, ›Gesang für Stalingrad‹, ›Gesang für Bolívar‹. Von Erich Arendt und Stephan Hermlin wurde ins Deutsche übertragen ›Almería‹, alle anderen Gedichte wurden von Erich Arendt ins Deutsche übertragen.
Umschlagtypographie: Celestino Piatti
Umschlagbild: Rotraut Susanne Berner,
unter Verwendung einer Zeichnung von Pablo Neruda
Satz: IBV Satz- und Datentechnik, Berlin
Druck und Bindung: C. H. Beck'sche Buchdruckerei,
Nördlingen
Printed in Germany · ISBN 3-423-11815-6

Das Buch

›Aufenthalt auf Erden‹ ist der erste große Gedichtzyklus von Pablo Neruda und eines der bedeutendsten Werke der modernen spanischsprachigen Literatur. Als der erste Teil dieses Buches 1933 erschien, war der Dichter gerade von einem fünfjährigen Aufenthalt in Ostasien zurückgekehrt – er war chilenischer Konsul in Rangun, Colombo, Batavia (Jakarta) und Singapur. »Mein Buch sammelte als natürliche Episoden die Ergebnisse meines im Leeren hängenden Lebens«, schrieb er. Nach 1934 änderte sich Nerudas Situation grundsätzlich, was nicht ohne Einfluß auf seine lyrischen Arbeiten blieb. Er ging nach Madrid, traf dort mit Federico García Lorca und Rafael Alberti zusammen. Unter dem Eindruck des Spanischen Bürgerkriegs und des Zweiten Weltkriegs fand er endgültig den Weg zur »poésie impure«, zur politisch und sozial engagierten Dichtung.

Der Autor

Pablo Neruda wurde am 12. Juli 1904 als Sohn eines Eisenbahners in Parral geboren und starb am 23. September 1973 in Santiago de Chile. 1921 Beginn des Studiums in Santiago de Chile, seit 1923 regelmäßige Veröffentlichungen von Gedichten, 1927–32 chilenischer Honorarkonsul im Fernen Osten, 1935 Konsul in Madrid, 1937 Rückkehr nach Chile, 1949–52 Emigration und zahlreiche Reisen u. a. auf dem amerikanischen Kontinent. 1969 wird Neruda zum Präsidentschaftskandidaten der KP aufgestellt. Er verzichtet zugunsten von Salvador Allende. 1971 Nobelpreis für Literatur. Pablo Neruda überlebte den gewaltsamen Sturz Allendes in Chile 1973 nur um zwölf Tage.

dtv drei kontinente

Aufenthalt auf Erden 1
(1925–1931)

I
Toter Galopp

Wie Aschen, wie sich bevölkernde Meere
in der versunkenen Langsamkeit, im Ungestalten,
oder als hörte man von der Höhe der Wege
die Glockenschläge kreuzweis sich kreuzen,
die diesen schon vom Metall gelösten Klang haben,
verworren, drückend, Staub werdend
in der nämlichen Mühle der allzu fernen,
der erinnerten oder nicht gesehenen Formen,
und der Duft der Pflaumen, die, auf die Erde rollend,
mit der Zeit verfaulen, unendlich grün.

Und das alles so reißend schnell, so lebendig
und dennoch unbeweglich wie die Leerscheibe in sich,
diese Räder von Motoren, letztlich.
Es ist da wie die harten Stiche in den Nähten des Baums,
schweigend ringsum, dergestalt,
alle Konturen seiner Enden mengend.
Aber woher, wohin, an welchem Ufer?
Das stete ungewisse Kreisen, so stumm
wie der Flieder um das Kloster rings,
oder das Gelangen des Todes an des Ochsen Zunge,
der jählings niederbricht, kraftabwärts, und dessen
Stoßhörner klingen wollen.

Darum, im Unbewegten verharrend fühlen,
alsdann, wie ungeheures Flügelschlagen oben,
wie tote Bienen oder Zahlen
was, ach, mein bleiches Herz zu fassen nicht vermag,
in der Menge, in unmerklich hervorbrechenden Tränen
und menschlichen Mühen, Mißgeschicken,
finsteren Taten, die plötzlich sich enthüllen
als Eiseskälte, unermeßliche Verwirrung,
ozeanische, für mich, der singend eintritt
wie mit einem Schwert unter Schutzlose.

Gut denn,und woraus besteht dieses Hervorschwirren
von Tauben,
das da ist zwischen der Nacht und der Zeit wie eine
feuchte Klamm?
Dieser schon so lange währende Ton,
der, die Wege mit Steinen reihend, fällt,
vielmehr, so eine Stunde nur
unvermutet anwächst, unaufhörlich sich dehnt.

Tief im Ring des Sommers
einmal lauschen die großen Tropenkürbisse
und strecken, dunkel von schweren Tropfen,
ihre erregenden Ranken aus,
der Fülle zu, dem, was sie so sehr ersehnen.

Vereinigung (Sonate)

Aus staubigen, zu Boden gesunkenen Blicken,
oder aus lautlosen sich eingrabenden Blättern.
Aus Metallen ohne Glanz, mit der Leere,
der Abwesenheit des jäh erloschenen Tags.
In der Höhe der Hände das Schimmern von Faltern,
der Ausbruch von Faltern, deren Leuchten keine Grenzen
kennt:

Du wahrtest von Licht, von gebrochenen Wesen die Spur,
die, beim Dämmern, die verlassene Sonne auf die Kirschen
wirft.
Von Blicken verfärbt, mit dem Ziel von Bienen,
geht deine Materie, vor unvermuteter Flamme fliehend,
voran und folgt dem Tag und seinem goldnen Geschlecht.

Verschwiegen ziehen die lauernden Tage vorbei,
aber sie sinken ins Innre deiner Stimme ans Licht.

O Herrin der Liebe, auf deine Ruhe
gründete ich meinen Traum, mein Verschlossensein.

In deinem Leib aus scheuer Zahl, auf einmal sich
dehnend zu Mengen, die den Erdkreis bestimmen,
jenseits des Streits der Tage, weiß von Raum
und kalt von langsamen Toden und welkem Antrieb,
spüre ich deinen Schoß erglühn und deine Küsse vorübereilen,
die zu jungen Schwalben werden in meinem Traum.

Zuweilen steigt das Verhängnis deiner Tränen auf,
wie die Zeit bis an meine Stirn, dort
schlagen, tödlich sich vernichtend, die Wellen:
naß ist ihre Bewegung, kraftlos, final.

Pferd der Träume

Sinnlos, wenn ich mich in den Spiegeln betrachte,
einen Geschmack nach Wochen, Biographen, Papieren
in mir,
reiß ich den Höllenfürsten aus meinem Herzen,
führe ich unbegrenzt trostlose Klauseln ein.

Von einem Punkt zum andern schweifend, einsauge ich
Illusionen,
spreche ich mit den Schneidern in ihren Löchern;
diese singen oft mit unseliger und kalter Stimme
und verjagen den bösen Zauber.

Am Himmel ist ein weitgedehntes Land
mit des Regenbogens abergläubischen Teppichen
und mit abendlichen Pflanzenwelten:
dorthin lenk ich meinen Schritt, nicht ohne wirkliche
Beschwer,

umgebrochenes Erdreich fast frischer Gräber zertretend,
träume ich in jenem gezogenen Rankengewirr.

Ich gehe zwischen benutzten Dokumenten, zwischen
 Geburten,
gekleidet wie ein besonderes und erniedrigtes Wesen:
ich liebe den abgenutzten Honig der Ehrerbietung,
den milden Katechismus, zwischen dessen Blättern
welke gealterte Veilchen schlafen,
und die in ihrer Hilfsbereitschaft rührenden Besen,
zweifellos ist Verdruß und Zuverlässigkeit in ihrer
 Erscheinung.
Ich zerstöre die zischelnde Rose und dies entführende
 ängstliche Begehren,
ich reiße geliebte Extreme auseinander, mehr noch,
ich erwarte die maßlose eintönige Zeit:
ein Geschmack in meinem Innern drückt mich nieder.

Welch ein Tag ist unvermutet gekommen! Welch dichtes,
 milchiges Licht,
gedrängt, fingerig, begünstigt mich!
Ich habe sein rotes Roß wiehern hören,
nackt, ohne Eisen und strahlend.
Auf ihm sprenge ich hin über die Kirchen
durchjage soldatenleere Kasernen,
und ein unkeusches Heer verfolgt mich.
Seine Eukalyptusaugen raffen Schatten hinweg,
sein Glockenleib stampft und galoppiert.

Ich brauche einen Blitz beständigen Glanzes,
einen heiteren Verwandten, der mein Erbe übernimmt.

Des Morgens Schwäche

Der Unglücklichen Tag, der bleiche Tag geht auf
mit herzzerreißend kaltem Duft, mit seinen grauen
Kräften,
ohne Schellenklang die Frühe träufend überallhin:
er ist ein Untergang in der Leere, mit einem Umgebensein
von Weinen.

Da von so vielen Stätten der feuchte stumme Schatten wich,
aus so vielen vergeblichen Grübeleien, so vielen irdischen
Gegenden,
wo er sogar der Wurzeln Bestimmung einnehmen mußte,
von so viel spitzer Form, die sich wehrte.

Inmitten all des Heimgesuchten, in der Wirrnis,
in der wachsenden Lust weine ich, lauschend
in den reinen Kreislauf, ins Anwachsen,
ziellos dem weichend, was da kommt,
dem, was mit Ketten und Nelken bedeckt da auftaucht,
meine moralischen Bleibsel ertragend, träume ich.

Nichts Überstürztes ist, nichts Frohes, nicht eine stolze Form,
offenkundige Armut weisend, alles tritt zutage,
das Licht der Erde bricht nicht wie Glockenruf
aus ihren Lidern, wie Tränen eher:
des Tages Geweb, sein dünnes Linnen
taugt als Krankenbinde, taugt höchstens, Zeichen zu geben
bei einem Abschied, beim Fernsein hintennach:
es ist die Farbe, die einzig stellvertreten will,
verdecken, verschlingen, besiegen, Ferne schaffen.

Allein zwischen ausgedienten Materien bin ich,
Regen fällt auf mich, und er gleicht mir,
gleicht mir mit seiner Unbeständigkeit, einsam in der toten
Welt,
abgewiesen im Fallen und ohne entschiedene Form.

Einheit

Etwas Dichtes ist, Vereintes, am Grunde Ruhendes,
das seine Zahl wiederholt, sein identisches Zeichen.
Wie doch gewahrt man, daß die Steine die Zeit
  berührten,
in ihrer feinen Materie, aus Salz und Traum,
ist der Ruch nach Zeit und das Wasser, herbeigetragen vom
  Meer.

Mich umgibt ein und dieselbe Sache, eine einzige Bewegung:
des Erzgesteins Schwere, das Licht der Haut,
sie heften sich an den Klang des Wortes Nacht:
des Weizens Farbe, des Elfenbeins, der Tränen,
die Dinge aus Leder, aus Holz, aus Wolle,
gealtert, verblichen, einförmig,
vereinen sich rings um mich zu Wänden.

Über mir selber kreisend wie über dem Tod der Rabe,
der Trauervogel, arbeite ich fühllos.
Ich sinne, abgesondert an den Rändern des Zeitenlaufs,
in der Mitte, umringt von schweigender Geographie:
eine mäßige Wärme sinkt vom Himmel,
ein äußerster Machtbereich verworrener Einheiten
mich umzingelnd, sammelt sich.

Nachgeschmack

Von falschen Astrologien, von etwas traurigen
Gewohnheiten,
ins Nichtvollendbare verschüttet und stets beiseite
getan,
habe ich eine Neigung bewahrt, einen einsamen Geschmack.

Von Gesprächen, wie gebrauchte Hölzer abgenutzt,
mit der Bescheidenheit von Stühlen, mit Worten,
beim Gebrauch,
wie Sklaven in Besitz genommen von einem zweitrangigen
Willen,
habe ich jene Beschaffenheit der Milch in mir, der toten
Wochen,
der über den Städten verketteten Luft.

Wer sonst könnte einer festeren Geduld sich rühmen?
Mich hüllt die Klugheit ein mit fester Haut,
von einheitlicher Farbe wie eine Schlange:
meine Geschöpfe entstehen aus einem langen Zurückweisen:
oh, mit einem einzigen Schnaps kann ich diesen Tag
verabschieden,
den ich aus den andren gleichen Erdtagen wählte.

Ich lebe, erfüllt von einer Substanz von gewöhnlicher Farbe,
schweigsam
wie eine alte Mutter, eine beständige Geduld,
wie Kirchendunkel oder letzte Ruhe von Gebein.
Ich bin erfüllt von diesen zutiefst entschloßnen Wassern,
vorbereiteten, die in trauriger Aufmerksamkeit schlummern.

In meinem Gitarreninnern ist, wohltönend und rauh,
reglos, verharrend, eine alte Weise,
wie eine getreue Nahrung, wie Rauch:
ein Element in Ruhe, ein lebendiges Öl:
ein strenger Vogel umsorgt mein Haupt:
in meinem Schwert lebt ein beständiger Engel.

Joaquíns Weggang

Von nun an, wie einen fern vollzogenen Abschied,
auf Begräbnisstationen aus Rauch, auf menschenleeren
Quais,
von nun an sehe ich ihn hinabstürzen in seinen Tod,
und hinter ihm, fühl ich, wie die Tage der Zeit sich schließen.

Von nun an, plötzlich, fühl ich, wie er sich entfernt,
in die Wasser hinabstürzt, in gewisse Wasser, in ein
gewisses Weltmeer,
und dann, bei seinem Aufprall, fliegen Tropfen auf,
und ein Rauschen,
ein bestimmtes dumpfes Rauschen spür ich hervorbrechen,
einen Wellenschlag, hochgepeitscht durch sein Gewicht,
und von irgendwoher, von irgendwoher, spür ich, springen
und sprühn diese Wasser,
mich übersprühn diese Wasser und bestehen fort wie Säuren.

Sein Hang zu Träumen und maßlosen Nächten,
seine widerspenstige Seele, seine angelebte Blässe,
sie schlummern endlich mit ihm, und er schlummert,
da seine Leidenschaft absackt ins Meer der Toten,
ungestüm untergeht, eisig sich vermählend.

Madrigal, im Winter geschrieben

Auf dem Grund des tiefen Meeres,
durch die Nacht aus endlosen Streifen
fliegt wie ein Renner vorbei
dein stummer stummer Name.

Birg an deiner Schulter mich, o gib mir Zuflucht,
laß mich in deinem Spiegel erscheinen, sogleich,
auf dem einsamen nächtlichen Blatt
aus dem Dunkel knospen, hinter dir.

Flor des süßen vollkommenen Lichts,
komm zu mir mit deinem Mund aus Küssen,
dem von Trennungen wilden,
dem kühnen und zarten Mund.

Gut denn, für immer und ewig,
von Vergessen zu Vergessen leben mit mir
die Schienenwege, des Regens Schrei:
was die finstere Nacht bewahrt.

Nimm mich auf in den Abend aus Garn,
wenn die Dämmerung ihr Gewand
wirkt und am Himmel ein Stern zuckt,
erfüllt von Wind.

Deine Augen verhüllend, bringe mir langsam
dein Fernsein nah, bis an den Grund,
durchdringe mich mit deinem Dasein, ahnend,
daß mein Herz zugrunde gerichtet ist.

Phantom

Ach, wie steigst du aus dem Einst hervor und nahst,
betörte, bleiche Studentin,
von deren Stimme Trost verlangen selbst
die ausgedehnten und beständgen Monate.

Ihre Augen kämpften wie Ruderer an
in der toten Unendlichkeit

mit Traumeshoffen und Substanz
von meergebornen Wesen.

Aus der Ferne, wo
der Erde Duft ein anderer ist
und das Abendliche unter Tränen naht
in dunkelglühenden Mohns Gestalt.

Auf der unbewegten Tage Gipfel
der tageshelle fühllose Jüngling
schlief in deinem Lichtstrahl ein,
gelehnt wie an ein Schwert.

Indessen wächst im Schatten
des langen Zeitenlaufes, der vergessen wird,
die Blume der Einsamkeit, feucht und weit
wie die Erde in einem langen Winter.

Langsame Klage

In der Nacht des Herzens
der Tropfen deines langsamen Namens
kreist in Schweigen und fällt
und zerbirst und entfaltet sein Wasser.

Etwas will sein leichter Schaden
und seine Schätzung unendlich und klein
wie eines verlorenen Wesens
plötzlich gehörter Schritt.

Auf einmal, auf einmal vernommen
und im Herzen verteilt
mit traurigem Beharren und Vermehren
wie ein kalter Herbsttraum.

Das dichte Rad der Erde,
seine Felge von Vergessenheit feucht,
dreht sich und spaltet die Zeit
in unerreichbare Hälften.

Ihre harten Schalen bedecken deine
auf die kalte Erde verschüttete Seele
mit ihren armseligen blauen Funken,
die in der Stimme des Regens schwirren.

Nächtliche Sammlung

Ich habe den Engel des Schlafs bezwungen, den
unheilvollen, sinnbildhaften:
sein Walten war beharrlich, eingehüllt in Schnecken
und Grillen, naht sein gedrängter Schritt,
meerhaft, duftdurchtränkt von scharfen Früchten.

Es ist der Wind, der die Monate bewegt, der Pfiff
eines Zuges,
der Strich der Temperatur übers Bett,
ein düsterer Schattenlaut,
der wie ein Lappen fällt ins Grenzenlose,
eine Wiederholung von Fernen, ein Wein von
vermischter Farbe,
ein staubverhüllter Zug brüllender Rinder.

Zuweilen stürzt sein schwarzer Korb auf meine Brust,
die Säcke seiner Herrschaft versehren meine Schulter,
seine Salzmassen, sein halbentfaltetes Heer
ziehen dahin und wälzen die Dinge des Himmels um:
er sprengt im Atem dahin und sein Vorüber ist wie Kuß:
mit wesenhafter Kraft und in erhabener Absicht
senkt er seinen unfehlbaren Salpeter unter die Lider:

ins also Vorbereitete tritt er ein als Herr:
augenblicks baut er seine lautlose Substanz auf,
verbreitet er beharrlich seine prophetische Nahrung.

Oft erkenne ich seine Krieger wieder,
seine von Luft zerfreßnen Geschütze, sein Ausmaß,
und sein Bedarf nach Raum ist so gewaltig,
daß er, ihn zu finden, hinabsteigt bis in mein Herz:
er ist der Grundherr der unzugänglichen Hochplateaus,
er tanzt mit tragischen Gestalten und alltäglichen,
des Nachts zerfetzt seine luftige Säure mir die Haut,
und ich höre in meinem Innern sein Instrument erbeben.

Ich lausche dem Traum alter Gefährten und geliebter Frauen,
Träume, deren Herzschläge mich zerbrechen:
ich betrete ihr Teppichgeweb in Schweigen,
verschlinge ihr Mohnlicht im Delirium.

Schlummernde Leichen, die ihr, auf meines Herzens
Schwere versessen, oftmals tanzt,
welch trübe Städte durcheilen wir!
Mein düsteres Schattenroß wächst ins Gigantische,
und über hartgesottene Falschspieler hinweg, über Kuppler
an abgenutzten Treppen,
über Betten nackter Mädchen, zwischen Fußballspielern
hindurch,
windgegürtet, reiten wir:
und es fallen dann in unsern Mund jene sanften Früchte
des Himmels,
Vögel, klösterliche Glocken, Kometen:
der sich nährte von reiner Geographie und Schauder,
dieser vielleicht sah uns funkelnd vorüberziehn.

Gefährten, deren Köpfe auf Fässern ausruhn, fern,
auf einem entmasteten flüchtigen Schiff,
meine tränenlosen Freunde, Frauen mit grausamem Gesicht:
Mitternacht ist und ein Todesgong
dröhnt rings um mich wie das Meer.
Den Geschmack, das Salz des Schlafenden im Mund.

Treu wie eine Verdammung tritt zu jedem Leib
die Blässe aus lethargischem Bezirk:
ein kaltes, versunkenes Lächeln,
ein paar halbgeschlossene Augen, erschöpften Boxern gleich,
ein Atem, der geräuschlos Gespenster verschlingt.
In dieser Geburtennässe, mit diesem finsteren Größenmaß
und verschlossen wie ein Kellergewölb, verbrecherisch
ist die Luft:
die Wände von einer düsteren Krokodilfarbe,
ihre Struktur die einer bösen Spinne:
wie auf ein totes Monstrum trittst du auf Weiches:
ungeheure Trauben, schwarz und prall,
hängen, Weinschläuchen gleich, aus den Trümmern heraus:
o Kapitän, in unsrer Stunde des Verteilens
öffne die stummen Riegel und warte auf mich:
dort müssen wir essen, trauergekleidet, zur Nacht:
wachen wird vor den Türen der Malariakranke.

Mein Herz ist Abend und uferlos,
der Tag wie eine zum Trocknen aufgehängte schäbige Decke
schwingt hin und her, umgeben von Geschöpfen
und Erstreckung;
von jedem Geschöpf etwas ist im Umkreis:
blickte man lange in die Luft, tauchten Bettler auf,
Advokaten, Straßenräuber, Briefboten, Schneiderinnen,
und von jedem Handwerk etwas, ein erniedrigter Rest
möchte seinen Teil an unserm Innern wirken.
Ich suche seit langem, ich prüfe ohne Hochmut
besiegt, zweifellos, vom Abendlichen.

Wir zusammen

Wie rein du bist aus Sonne oder aus gesunkner Nacht,
wie triumphal das Übermaß deiner Kontur aus Weiße,
und deine Brust aus Brot, heiße Zone,
aus schwarzen Bäumen deine Krone, Vielgeliebte,
und deine Nase die eines einsamen Tieres, eines Wildschafs,
das nach Schatten duftet und nach überstürzter
tyrannischer Flucht.

Und nun, was für glänzende Waffen meine Hände,
trefflich ihr Knochenblatt und ihrer Nägel Lilie,
und die Lage meines Gesichts und die Pachtung meiner Seele,
sie sind der Erdenkraft an rechter Stelle eingesetzt.
Wie rein mein Blick aus nächtlichem Einfluß,
aus dunklen Augen und wildem Drang gestürzt,
meine symmetrische Gestalt steigt mit Zwillingsbeinen
an jedem Morgen zu den feuchten Sternen auf,
und mein verwiesener Mund beißt in Fleisch und Traube,
männlich meine Arme, meine Brust tätowiert,
in die der Flaum wie zinnernes Gefieder dringt
mein blasses Gesicht, geschaffen für die Sonnentiefe,
mein zurechtgekämmtes Haar aus schwarzem Erdgestein,
meine Stirn, wie Hieb durchdringend oder Weg,
meine Haut die eines reifen, für den Pflug bestimmten
Jünglings,
meine Augen aus gierigem Salz, aus hastigem Vermählen,
meine Zunge sanfte Freundin von Dock und Schiff,
meine Zähne ein weißes Zifferblatt von systematischer
Gleichheit,
die Haut, die auf meiner Stirn eine Höhe formt von Eis
und auf meiner Schulter sich wendet und auf
meinen Lidern fliegt,
sich auf meinem tiefsten Trieb zurückzieht
und entgegenwächst den Rosen an meinen Fingern,
über mein knochiges Kinn und die Pracht meiner Füße.

Und du wie ein Sternenmonat, wie ein unlösbarer Kuß,
wie Schwingenstruktur oder Herbstbeginn,
Mädchen, du meine Mitverschworene, meine Zärtliche,
das Licht hat seine Schlafstatt unter deinen großen Lidern,
golden wie Büffelkühe, und die rundliche Taube
baut ihre weißen Nester oft in dir.

Geschaffen aus Woge in Silberbarren und weißen Zwingen,
deine rasende Apfelgesundheit dehnt sich ohne Grenzen aus,
und die bebende Tonne, in die dein Magen lauscht,
und deine Hände, Töchter des Mehls und des Himmels.

Wie gleichst du dem längsten Kuß,
sein beharrendes Zittern scheint dich zu nähren,
und sein Druck aus Glut, aus stürmischer Fahne
pocht in deinen Bereichen und steigt bebend auf,
und dann verjüngt sich dein Haupt in Haar,
und seine kriegerische Form, sein herbes Rund
stürzt jählings nieder in geraden Fäden
wie Degenschneiden oder Hinterlassenschaften Rauchs.

Tyrannei

O hohe Dame ohne Herz, des Himmels Tochter,
hilf in dieser einsamen Stunde mir,
mit deiner eindeutigen Indifferenz einer Waffe
und deiner Gefühlskälte des Vergessens.

Eine Zeit wie das Weltmeer total,
eine Wunde unbestimmt wie ein neugeborenes Wesen
umschließen fest die zähe Wurzel meiner Seele,
indem sie den Kern meiner Sicherheit zernagen.

Welch dichtes Pochen wühlt in meinem Herzen,
wie eine Woge, gemacht aus allen Wogen,
und in einem Mühen aus Sturz und Sterben
hebt sich mein verzweifeltes Haupt.

Etwas Feindliches ist, das in meiner Gewißheit zittert
und das im nämlichen Ursprung der Tränen wächst
wie ein hartes grausames Gewächs
aus ineinander verschlungenen bitteren Blättern.

Nachtlied

Auf deiner Stirn ruht der Mohnblüten Farbe aus,
findet der Witwen Trauer Widerhall, o Mitfühlende:
wenn du den Zügen nacheilst in den Feldern,
kehrt der hagere Bauer dir den Rücken,
deinen Fußstapfen entspringen zitternd die sanften Frösche.

Dich begrüßt, erinnerungslos der Jüngling, er befragt dich
nach seinem verlorenen Willen,
seine Hände bewegen sich in deiner Sphäre wie Vögel,
und groß ist die Feuchte rings um ihn;
seine unvollkommenen Gedanken schweifen,
sie möchten etwas erreichen, ach, sie suchen dich,
seine blassen Augen zucken in deinem Netz,
verlorene Instrumente, die auf einmal glänzen.

Oder ich erinnere des heißen Durstes ersten Tag,
das Dunkel, gedrängt an die Jasmine,
der unergründliche Körper, in den du dich zurückzogst
wie ein Tropfen, ebenfalls zitternd.

Doch du beruhigst die hohen Bäume, und hinter dem Mond,
überfern,
du belauerst wie ein Dieb das Meer.

O Nacht, meine verstörte Seele befragt dich
hoffnungslos nach dem Metall, das sie braucht.

Schmerzlicher Taggesang

Aus Resten Leidenschaft und Träumen von Asche
ich führe einen fahlen Baldachin mit mir, ein sichtbares Gefolge,
einen metallenen Wind, der einsam lebt,
einen todesnahen Knecht im Hungergewand,
und in der Kühle, die aus dem Baume sinkt, in der Substanz der Sonne,
die ihre Gestirnskraft in die Blumen senkt,
wenn an meine goldgleiche Haut das Vergnügen rührt,
belauerst du, Trugbild Koralle auf Tigerklauen,
du, Anlaß zu Begräbnistrauer, glühende Verschmelzung,
das Land, in dem ich überlebe,
mit deinen Mondlanzen, die ein wenig zittern.

Weil das Fenster, durch das der leere Mittag dringt,
eines Tages doch den stärkeren Wind auf seinen Flügeln trägt,
bläht die Raserei das Kleid und der Traum den Hut,
glüht immerfort eine übermäßige Biene.
Und nun, welch unvermuteter Schritt macht die Wege knirschen?
Welch trostloser Bahnhofsrauch, welch kristallenes Antlitz,
und mehr noch, welch ährenbeladenen alten Karrens Klang?
Ach, eines nach dem andern, die Woge, die weint,
und das Salz, das zerfällt,

und der himmlischen Liebe Zeit, die im Fluge verstreicht,
sie haben Gastes Stimme gehabt und Raum im Hoffen.

Von bewältigten Weiten, von treulosem Groll,
von hinterlaßnen Hoffnungen, schattenuntermengten,
von herzzerreißend süßem Beistand
und Tagen von transparentem Flöz und blühender Gestalt,
was dauert fort in meinem spärlichen Wort, in meinem
  geringen Ertrag?
Wer ist meinem gelben Lager und meiner Sternsubstanz
nicht nah und fern zugleich?

Eine Schnellkraft, ein Pfeil aus Korn,
ist mir eigen, und in meiner Brust wartet offenkundig
  ein Bogen,
und ein feines Pochen, von Wasser und Zähigkeit,
wie etwas, das unentwegt zerbricht,
durchdringt meine Trennungen bis an den Grund,
verlöscht meine Kraft und vermehrt meinen Schmerz.

Mai-Passat

Der Wind der Jahreszeit, der grüne Wind,
voll mit Weltraum und Wasser, erfahren in Unglück
und aus einer wie Almosengeld zerstreuten Substanz,
entrollt seine Fahne aus trauriger Haut:
so, durchsilbert und kalt, hat er sich eines Tages verhüllt,
zerbrechlich wie eines Riesen Kristallschwert,
inmitten so vieler Gewalten, die sein zages Wehen schützen;
seine stürzende Träne, sein von knirschenden, sich kreuzenden
Mächten umringter nutzloser Sand,
sein Tropfen Salz zittert im feindlich Überfallenen,
wie ein nackter Mensch in der Schlacht, der seinen
  weißen Zweig erhebt,
seine ungewisse Gewißheit.

Welch ein Ausruhen ist Beginnen, welch armseliges Hoffen
Lieben,
bei solch schwacher Flamme und so flüchtigem Feuer?
Wogegen die hungrige Axt erheben?
Welcher Materie entsagen, welchem Blitz entfliehen?
Sein Licht, eben erst aus Himmelslänge erschaffen
und Beben,
schleift als traurige Brautschleppe daher,
geschmückt mit tödlichem Traum und Blässe.
Denn alles, was der Schatten berührte, die Wirrnis
sehnlich erstrebte,
lastet, flüssig, aufgehalten, bar allen Friedens,
schutzlos zwischen Welträumen, auf den Tod besiegt.

Ach, und es ist eines Tages Geschick, der erwartet wurde,
dem Briefe entgegeneilten, Schiffe, Unternehmungen,
zu sterben, ohne eigenen Himmel, unbewegt und naß.
Wo ist sein Gezelt aus Duft, sein unergründliches Laubwerk,
sein schnelles glühendes Schleiergewölk, sein heftiger Atem?
Regungslos, mit verlöschendem Glanz bedeckt und undurch-
sichtiger Schuppe,
wird er sehen, wie der Regen seine Hälften scheidet
und im wassergesättigten Wind sie anfällt.

Dichtkunst

Zwischen Schatten und Raum, zwischen Garnisonstruppen
und jungen Mädchen,
mit einem besonderen Herzen ausgestattet und
unseligen Träumen,
vorzeitig bleich und welk die Stirn,
habe ich, in wilder Witwertrauer um jeden Tag
meines Lebens,
oh, nach jedem unsichtbaren Wasser, das ich trinke
wie im Schlaf,

nach jedem Laut, den ich zitternd erhasche,
den gleichen fernen Durst und das gleiche kalte Fieber,
ein wachsendes inneres Gehör, eine indirekte Angst,
als nahten Räuber oder Gespenster,
und in einer Schale von fester und unergründlicher
Erstreckung ich
wie ein erniedrigter Diener, wie eine etwas heisere Glocke,
wie ein abgeblätterter Spiegel, wie eines verlassenen
Hauses Ruch,
in das zur Nachtzeit sinnlos betrunken die Gäste treten
und wo es nach auf den Boden geworfener Wäsche riecht
und nach einer völligen Abwesenheit von Blumen,
– anders, vielleicht auch weniger schwermütig gesagt –,
in Wahrheit aber verlangen auf einmal der Wind,
der meine Brust peitscht,
die in mein Schlafgemach gesunkenen Nächte aus
unendlicher Substanz,
der Lärm eines Tages, der in Aufopferung glüht,
mir das Prophetische ab, das voller Schwermut in mir ist.
Und da ist ein Pochen von Dingen, die rufen, ohne
Antwort zu finden,
und eine Bewegung ohne Stocken und ein verworrener Name.

Düsteres System

Von allen diesen Tagen, schwarz wie alte Eisenbrocken
und aufgerissen von der Sonne wie mächtige rote Büffel
und kaum gehalten von der Luft und von den Träumen
und unwiederbringlich und jäh vergangen,
nichts hat meinen zerrütteten Ursprung ersetzt,
und die ungleichen Maße, die in meinem Herzen kreisen,
dort setzen sie bei Tag und Nacht sich einsam fest
und erfassen traurige verworrene Größen.

So denn, wie ein fühllos und blind gewordener Wachtturm,
ohne Glauben und zu schmerzlichem Spähen verdammt,
angesichts der Wand, der sich jeder Zeitentag verbindet,
neigen meine verschiedenen Gesichter sich einander zu und
verflechten sich,
großen bleichen schweren Blumen gleich,
die unentwegt stellvertretend und tot.

Adonische Angela

Heute hab ich mich zu einem unschuldigen
Mädchen gelegt
wie ans Ufer eines weißen Ozeans,
wie in die Mitte eines glühenden Sterns
von ruhevoller Bahn.

Aus ihrem Blick, unendlich grünen,
wie trockenes Gewässer fiel das Licht
in transparenten tiefen Kreisen
frischer Kraft.

Ihre Brüste wie ein Feuer zweier Flammen
glühten in zwei Regionen aufgerichtet,
und in einem Doppelstrom gelangte es an ihre Füße
groß und hell.

Ein goldnes Klima ließ frühzeitig
ihres Leibes tageshelle Längen reifen,
ihn mit weit verzweigten Früchten füllend
und geheimer Glut.

Nach so vielem, nach unbestimmten Meilen,
verwirrt von Gewalten, unsicher von Gebieten,
begleitet von nichtigen Hoffnungen
und treulosen Gefährten und argwöhnischen Träumen,
liebe ich das Zähe, das noch weiterlebt in meinen Augen,
ich hör in meinem Herzen meinen Reiterschritt,
beiße in das schlummernde Feuer und das verdorbene Salz,
und nachts, in atmosphärischem Dunkel und flüchtiger Trauer,
jener, der am Rand der Feldlager wacht, bin ich,
der mit nutzlosen Widerständen gewappnete Reisende,
gefangen zwischen wachsenden Schatten und
  Schwingen, die zittern,
fühl ich, ich bin da, und mein Arm aus Stein beschützt mich.

In der Wissenschaft der Tränen gibt es einen undeutlichen
  Altar,
und bei meiner Beratung mit duftlosen Dämmerungen,
in meinen verödeten Schlafgemächern, in denen der Mond
  haust,
und Spinnen meines Besitztums und Verheerungen, die mir
  lieb geworden,
bete ich mein eigenes verlorenes Wesen an, meine
  unvollkommene Substanz,
meinen silbernen Pulsschlag und meinen ewigen Verlust.
Es hat die feuchte Traube geglüht, und ihr düsteres Wasser
schwankt noch immer, ist noch immer da
und das sterile Erbe und die verräterische Wohnstatt.
Wer sonst schuf Kulte der Asche?
Wer liebte das Verlorene, wer schützt das äußerst Letzte?
Des Vaters Gebeine, des toten Schiffes Holz
und sein eigenes Ende, seine selbige Flucht,
seine klägliche Kraft und seinen elenden Gott?

So also lausche ich dem Unbeseelten und Schmerzlichen,
und das befremdliche Zeugnis, das ich ablege
mit grausamem, in Asche geschriebenem Erfolg

ist die Form des Vergessens, der ich den Vorrang gebe,
der Name, den ich der Erde verleihe, der Sinn meiner Träume,
die unendliche Größe, die ich teile,
winterlichen Augs, an jedem Tag dieser Welt.

II
Die Nacht des Soldaten

Ich lebe die Nacht des Soldaten, die Zeit des Mannes ohne Schwermut, ohne Untergang, des vom Ozean oder einer Woge in die Ferne geworfenen Urbilds, und der nicht weiß, daß das bittere Wasser ihn abgesondert hat und daß er allmählich und furchtlos altert, ausersehen für das normale Leben ohne Erschütterungen, ohne Abwesenheiten, in seiner Haut und seinem Kleid dahinlebend, wahrhaft dunkel. So also werde ich mit dummen und fröhlichen Kameraden gesehen, die rauchen und spucken und entsetzlich saufen und plötzlich todkrank zusammenbrechen. Denn wo sind Tante, Braut, Schwiegermutter und Schwägerin des Soldaten? Wahrscheinlich gehen sie an Ostrazismus oder an Malaria zu Grunde, werden kalt und gelb und wandern aus nach einem Gestirn aus Eis, nach einem jungen Planeten, um endlich auszuruhen, unter jungen Mädchen und glazialen Früchten, und ihre Leichen, ihre armen Leichen aus Feuer werden fern der Flamme und der Asche schlummern, von Alabasterengeln bewacht.
An jedem Tag, der mit seiner abendlichen Verpflichtung zu sterben sich neigt, streife ich umher, eine unnötige Wache, gehe an mohammedanischen Händlern vorbei, zwischen Menschen, die die Kuh anbeten und die Kobra, so gehe ich dahin, unliebenswert und gewöhnlichen Gesichts. Die Monate sind nicht unveränderlich, und zuweilen regnet es: aus der Glut des Himmels strömt, still wie der Schweiß, ein Befruchten nieder, und auf den Riesenpflanzen, dem Rücken der wilden Tiere, verfilzen und verlängern sich im Verlauf eines gewissen Schweigens jene nassen Gefieder. Wasser der Nacht,

Tränen des Monsuns, salziger Speichel wie Pferdegeifer gefallen, langsam im Anschwellen, kraftlos im Spritzen, überrascht vom Flug.
Und nun, wo ist jene professionelle Neugier, jene matte Zärtlichkeit geblieben, die allein durch ihre Gelassenheit Wände durchbrach, jenes strahlende Gewissen, dessen Glanz mit azurner Bläue mich umhüllte? Bis ins Herz Sohn eines verpflichtenden Systems, einer hartnäckigen physischen Geduld, werde ich weiteratmen, Produkt täglich angehäufter Nahrung und Zeit, beraubt meiner Montur der Rachsucht und meiner Haut von Gold. Zu meinen Füßen gleiten die Stunden einer einzigen Jahreszeit hin, und über mir ist fast immer ein Tag aus Tag- und Nachtgebilden verhaftet.
Dann suche ich ab und an Mädchen mit jungen Augen und Hüften auf, Wesen, in deren Frisur eine gelbe Blüte wie ein Blitz flammt. Sie tragen Ringe an jeder Zehe und Armreifen und an den Knöcheln Fußspangen und obendrein farbige Halsketten, Ketten, die ich abnehme und betrachte, denn ich will vor einem von nichts unterbrochenen festen Körper in Entzücken geraten und meinen Kuß nicht abschwächen. Ich wiege jede neue Gestalt in meinen Armen und saug mit männlicher Gier schweigend ihr lebendiges Elixier ein.
Hingestreckt, geht von unten zu dem flüchtigen Geschöpf empor mein Blick über sein nacktes Dasein bis zu seinem Lächeln klimmend: gigantisch und nach oben zu triangular und in die Luft gehoben von zwei Kugelbrüsten, fest vor meinen Augen wie zwei Leuchten mit dem Lichte weißen Öls und süßer Kraft. Ich überlasse mich ihrem dunkelbraunen Stern, der Wärme ihrer Haut, wie ein verlorener Feind, reglos unter meiner Brust und mit zu schweren und zu matten Gliedern schutzlos im Gewoge: oder auch wie ein bleiches schnelles, tiefes Rad aus Mühlenarmen und Fingern, das um sich selber kreist, oder ein verstörter Stern.
Oh, in jeder Nacht, die da abrollt, ist etwas von preisgegebener Glut, die sich selbst verzehrt und, umgeben von Ruinen, zusammenfällt inmitten trauernder Dinge. Gewöhnlich wohn ich diesem Ende bei, bewehrt mit überflüssigen Waffen, von getilgten Einwänden erfüllt. Was ich zurückbehalte, sind die Wäsche und die von dieser halbnächtigen Materie leicht durchtränkten

Knochen: vergänglicher Staub ists, der sich mir verbindet, und zuweilen wacht der Gott, der die Dinge ändert, neben mir, hartnäckig atmend, das Schwert erhoben.

Verleugneter Umgang

Diese Tage lenkten mein prophetisches Gefühl in die Irre, in mein Haus kamen zu vorgerückter Stunde der Jahreszeit vermummt die Briefmarkensammler und stürzten sich auf meine Briefschaften, entrissen ihnen frische Küsse, Küsse, die einen langen Seeaufenthalt erlitten haben, und Schwüre, die mein Geschick mit weiblicher Wissenschaft und abweisender Kalligraphie beschirmten.
Ich wohnte neben anderen Gebäuden, anderen Menschen und Bäumen, die sich ins Ungeheure breiten, Gezelten leidenschaftlichen Laubwerks, hervorspringenden Luftwurzeln, pflanzlichen Schaufeln, gradlinigen Kokospalmen, und in diesem grünen Geschäum ging ich großen glanzschweren Schritten einher mit spitzem Strohhut und einem vollkommen romanhaften Herzen; denn in dem Grad, wie meine Fähigkeiten sich zersetzten und im Staub zerstört Gleichmaß suchten wie die Toten auf den Friedhöfen, verwandelten sich die vertrauten Orte, die bis zu dieser Stunde verschmähten Weiten und die Gesichter, die in meiner Verlassenheit wie träge Gewächse hervorsprossen, rings um mich her mit Schrecken und Geheimnis, wie Blättermassen, die ein jäher Herbst durchwühlt.
Papageien, Gestirne und obendrein die öffentliche Sonne und eine plötzliche Tropfenfeuchte erweckten in mir ein grüblerisches Verlangen nach der Erde und was immer sie bedeckte. Und das Gefallen eines alten Gebäudes an seinen Fledermäusen und das Zartgefühl eines nackten Weibes für seine Fingernägel verfügten in mir über meine verschämten Neigungen wie schwache und hartnäckige Waffen, und die Schwermut zog ihre Riefen durch mein Geweb, und der Liebesbrief, bleich von Pa-

pier und Furcht, unterschlug seine zitternde Spinne, die mit Mühe webt und endlos wieder auflöst und webt. Natürlich stürzte ich aus dem Mondlicht, aus seinem gegenwärtig weitgedehnten Kreis, mehr noch aus seiner eisigen Achse, die nicht einmal die Zugvögel (Schwalben, Wildgänse) in den Delirien ihrer Wanderzüge berühren dürfen, aus seiner blauen glatten dünnen und schmucklosen Haut hinab in den Schmerz, wie einer, von blanker Waffe getroffen, stürzt. Ich bin Gegenstand eines besonderen Blutes, und diese zugleich nächtliche und meerische Substanz machte mich leiden und verwandelte mich, und jene unterhimmlischen Wasser minderten meine Energie und das Gesellige meines Wesens.
Auf diese unumstößliche Weise gewannen meine Knochen bei meinen Entschlüssen gewaltiges Übergewicht: Die Ruhe, der Aufenthalt am Ufer des Meeres zogen mich an, vage, doch schicksalhaft, und einmal am entlegenen Ort, umringt vom stummen und reglosesten Chor, der letzten Stunde und ihren Düften unterworfen, ungerecht gegen die verschwommenen Landschaften und ein verschworener Liebhaber von Zementsesseln, erwarte ich streitbar die Zeit, und zwar mit des Abenteuers Florett, befleckt von vergessenem Blut.

Der Unbehauste

Unbesiegbare Jahreszeit! An den Rändern des Himmels sammelte unentwegt ein blasser Nord sich an, eine farblose und feindliche Luft, und allem entgegen, was das Auge faßte, war da wie eine geronnene Milch, wie ein erstarrter Vorhang. So, daß der Mensch sich von allem abgeschieden fühlte, dieser seltsamen Substanz unterworfen, von einem nahen Himmel umringt, mit zerspelltem Mast vor weißschimmernder Küste, von allem Körperhaften im Stich gelassen, in einem Nebelgehäus und einem undurchdringbaren Zeitenablauf gegenüber. Verdammnis und Entsetzen! Verwundet worden zu sein und verlassen, oder

die Spinnen erwählt zu haben, die Trauer und die Soutane. Der Welt vollkommen überdrüssig, sich auf die Lauer gelegt und von Sphinxen, goldenen Schätzen und prophetischen Geschicken gesprochen zu haben. Dem täglichen Kleid die Asche verhaftet zu haben und den irdischen Ursprung geküßt mit seinem Schmack nach Vergessen. Doch nein. Nein.
Des Regens eisige Stoffe, die düster niedergehn, Kümmernisse ohne Auferstehung, Vergessen. In meinem bildnislosen Alkoven, in meinem lichtlosen Kleid, wieviel an Raum dauert da ewiglich, und des Tages langsamer gerader Strahl, wie sehr doch verdichtet er sich, bis er ein einziger dunkler Tropfen.
Beharrliche Bewegungen, lotrechte Pfade, zu deren – letzter Blume man manchmal aufsteigt, sanfte oder rücksichtslose Gefährten, abwesende Türen! Täglich esse ich lethargisches Brot, trinke ich aus einem vereinsamten Wasser.
Es lärmt der Schlosser, es trottet das Pferd dahin, der von Regen triefende Klepper, und der Kutscher mit langer Peitsche hustet, der ausgediente! Alles übrige, bis in die letzte Ferne, verharrt regungslos, von Juni überdacht, und seine regennasse Pflanzenwelt, seine stummen Tiere vereinen sich wie Wogen. Fürwahr, welch ein Wintermeer, welch ein versunkenes Reich sucht, offensichtlich tot, da zu überdauern und kreuzt mit großem Sterbesegelwerk diese dichte Fläche?
Oft, in der jäh anbrechenden Dämmerung, ich rücke das Licht ans Fenster und, ausgestreckt in der Feuchte, von elenden Hölzern getragen, sehe ich mich als alten Sarg zwischen plötzlich schwachen Wänden. Ich träume von einer zur anderen Abwesenheit und anderer Ferne zu, akzeptiert und bitter.

Der junge Monarch

Als Fortsetzung des Gelesenen, und was der folgenden Seite vorangeht, muß ich meinen Stern auf den Weg in den Bereich der Liebe führen.
Land, begrenzt von zwei langen warmen Armen, von langer ent-

sprechender Leidenschaft, und ein Ort aus Gold, verteidigt von einem Herrschaftssystem und mathematischer Kriegswissenschaft. Ja, ich werde sie ehelichen, die Schönste von Mandalay, ich werde meine irdische Hülle diesem Geräusch eines kochenden Weibes anvertrauen, diesem Schwingen von Rock und nacktem Fuß, die sich bewegen, sich hineinmischen wie Wind und Laub.
Liebe eines Mädchens mit zierlichem Fuß und einer großen Zigarre, Amberblüten in dem reinen zylinderförmig aufgebundenen Haar, mit dem Gang wie Gefahr, einer Lilie gleich von fester Substanz und mit schwer wiegendem Haupt.
Und an meinem Ufer meine Gattin, nahe meinem aus so endloser Ferne stammenden Geflüster meine birmanische Gattin, Tochter des Königs.
Und dann küsse ich ihr schwarzes eingerolltes Haar und ihren süßen unentwegten Fuß: und da nun die Nacht gekommen, ihr Mühlwerk sich zu regen beginnt, lausche ich nach meinem Tiger und weine um meine Abwesende.

Gesetze der Nacht

Mühsam rufe ich nach der Wirklichkeit wie der Hund und heule auch. Wie gern würde ich den Dialog zwischen dem Adligen und dem Fährmann einführen, die Giraffe malen, die Akkordeons beschreiben, meine Muse preisen, die nackt sich windet um meine Hüfte aus Angriff und Widerstand. So ist meine Hüfte, mein Körper im allgemeinen ein wacher und lange währender Kampf und meine Nieren hören zu.
Mein Gott, wieviel nachtgewohnte Frösche pfeifen und quarren mit Kehlen vierzigjähriger Menschen und wie eng und sternenhaft ist die Wölbung, die bis in die fernste Ferne mich umspannt! Die italienischen Sänger, die Doktoren der Astronomie würden an meiner Stelle, von dieser schwarzen Frühe umgrenzt, von diesem scharfen Schwert bis ins Herz gezeichnet, in Tränen ausbrechen!

Und dann diese Ballung, diese Einheit von Elementen der Nacht, diese angenommene Sinngebung hinter jeder Sache und diese ganz einhellig von Sternen unterhaltene Kälte.
Abscheu vor soviel Tod, der nicht hinblickt, vor soviel durch Alkohol oder Unglück Versehrtem, und Lob dem Nachtwandler, dem Klugen, der ich bin, überlebender Anbeter der Himmelsgewölbe.

Leichenbegängnis im Osten

Ich arbeite nachts, von Stadt umgeben,
von Fischern, von Töpfern, von mit
Safran und Früchten verbrannten Toden,
gehüllt in scharlachroten Musselin:
sie ziehen unter meinem Balkon vorbei, diese schrecklichen
Toten, und lassen Ketten und Kupferflöten erklingen,
durchdringend und zart und düster gellen sie
im Farbengeleucht der schweren giftigen Blüten
und dem Geschrei der aschgrauen Tänzer,
dem monotonen Anschwellen der Tamtams
und dem Rauch der duftenden und lodernden Hölzer.

Weil einmal der Weg zu Ende am trüben Strom,
ihre Herzen werden, die da stocken oder einen größeren
Weg beginnen,
verkohlt hingleiten, mit Bein und Fuß als Feuer,
und aufs Wasser wird fallen die flirrende Asche
und fortschwimmen als verdorrter Blütenzweig
oder erloschenes Feuer, zurückgelassen von so mächtigen
Reisenden,
die auf den schwarzen Fluten etwas verbrannten und einen
verschwundenen Atem hinunterschluckten und einen
letzten Likör.

III
Einsamer Herr

Die jungen Homosexuellen und die verliebten Mädchen
und die langjährigen Witwen, die an wahnsinniger Schlaflosigkeit leiden,
und die vor dreißig Stunden geschwängerten jungen Damen
und die heiseren Kater, die in der Dunkelheit meinen Garten durchstreifen,
umkreisen mein einsames Haus
wie ein Geschmeid aus zuckenden sexuellen Austern
wie gegen meine Seele eingesetzte Feinde,
wie Verschwörer im Schlafanzug,
die als Losung lange klebrige Küsse tauschen.

Der strahlende Sommer führt Verliebte
in einförmigen melancholischen Regimentern,
die aus feisten und schmächtigen und frohen und traurigen Paaren bestehen:
unter den eleganten Kokospalmen beim Ozean und dem Mond
gibt es ein unaufhörliches Leben und Treiben von Hosen und Röcken,
ein leises Geräusch von gestreichelten Seidenstrümpfen,
und weibliche Brüste, die wie Augen glänzen.

Der kleine Angestellte hat nach so manchem,
nach der wöchentlichen Langeweile und den nachts im Bett gelesenen Romanen,
endlich seine Nachbarin verführt,
und er führt sie aus in die armseligen Kinos,
wo die Helden Fohlen sind und leidenschaftliche Prinzen,
und er streichelt ihre mit süßem Flaum bedeckten Beine
mit seinen feuchtheißen Händen, die nach Zigarette riechen.
Die Abenddämmerung des Verführers und die Nächte der Ehegatten
fügen sich wie zwei mich begrabende Laken zusammen,
und die Stunden nach dem Frühstück, wenn die jungen Studenten

und die jungen Studentinnen und die Priester onanieren,
und die Tiere sich unumwunden bespringen,
und nach Blut die Bienen riechen und die Fliegen zornig
brummen,
und die Vettern mit ihren Basen seltsame Spielchen treiben,
und die Ärzte den Mann der jungen Patientin wütend
anstarren,
und die Morgenstunden, in denen der Professor, wie aus
Versehen,
seinen Ehepflichten nachkommt und frühstückt,
und dann noch die Ehebrecher, die sich mit wahrer
Leidenschaft lieben,
auf Betten lang und hoch wie Schiffe:
unzweifelhaft und ewig umgibt mich
dieser große verflochtene atmende Wald
mit großen Blumen wie Münder und Gebisse
und schwarzen Wurzeln in Gestalt von Zehennägeln
und Schuhen.

Liturgie meiner Beine

Lange Zeit habe ich ununterbrochen meine lang-
wüchsigen Beine betrachtet,
mit unendlicher und neugieriger Zärtlichkeit,
mit meiner gewohnten Leidenschaftlichkeit,
als wären es die Beine einer göttlichen, ganz
in die Kluft meines Brustkastens zutiefst versunkenen Frau:
und wahrhaftig, es geschieht, wenn die Zeit, die Zeit verrinnt
auf der Erde, auf dem Dach, über meinem unzüchtigen Haupt,
und verrinnt, die Zeit verrinnt und ich nachts in meinem Bett
nicht spüre, daß da atmend eine Frau ist, nackt
an meiner Seite schlummernd,
dann nehmen seltsame dunkle Dinge den Platz
der Abwesenden ein,

lasterhafte schwermütige Gedanken
säen schwerwiegende Möglichkeiten in mein Schlafzimmer,
und dann also betrachte ich meine Beine, als gehörten sie
einem anderen Leib
und wären stark und angenehm meinem Innersten verhaftet.

Wie Blumenstiele oder wundersame weibliche Gebilde
steigen sie von den Knien auf, zylindrisch und fest,
aus zerrüttetem dichtem Stoff des Daseins;
gleich rücksichtslosen starken Armen einer Göttin,
gleich gräßlich mit Menschenwesen umkleideten Bäumen,
gleich ungeheuren, still und verhängnisvoll, lechzenden Lippen
sind sie dort meines Leibes bester Teil:
vollkommen stofflich, ohne komplizierten Inhalt
an Gefühlen oder Luftröhren oder Eingeweiden oder
Ganglien:
nichts davon, nur das Unvermischte, Süße und Feste meines
eigenen Seins,
und auf vollkommenste Weise dennoch das Leben wahrend.

Die Menschen gehen zur Zeit über unsere Erde
fast ohne daran zu denken, daß sie einen Leib haben und
darin das Leben,
und eine Furcht ist, eine Furcht ist in der Welt vor Worten,
die den Leib bezeichnen,
und man spricht am liebsten von der Kleidung,
es ist tunlich, von Hosen zu sprechen, von Anzügen
und von Frauenunterwäsche
(von Seidenstrümpfen und Strumpfhaltern für
»Damen«)
als liefen in den Straßen vollends leere Kleider und Anzüge
umher
und eine düstere obszöne Garderobe nähme die Erde ein.

Die Kleider haben Dasein, haben Farbe, Form, Zeichnung
und den höchsten Platz in unseren Mythen, viel zuviel Platz,
zuviel Möbel und zuviel Wohnungen sind in der Welt,
und mein Leib lebt heruntergekommen zwischen und unter
so vielen Sachen,

mit einem unlöslichen Gedanken an Sklaverei und Ketten.
Nun gut, meine Knie als außerordentliche
dienstbare sichtbare Knoten
trennen die Hälften meiner Beine aufs bündigste:
und wirklich, zwei verschiedene Welten, zwei verschiedene
Geschlechter
sind voneinander nicht so verschieden wie die Hälften
meiner Beine.
Vom Knie bis zum Fuß eine einzige harte Form,
erzen, kaltblütig nutzhaft, scheint sie
ein Wesen aus Knochen und Ausdauer,
und die Knöchel sind nichts als bloßer Zweck,
letzten Endes bereite Exaktheit und Notwendigkeit.

Ohne Sensualität, kurz und hart und männlich
sind meine Beine dort und mit Muskelpartien
ausgestattet wie ergänzende Tiere,
doch auch dort ist Leben, ein festes zartes lebhaftes Leben,
das, ohne zu beben, ausharrt, abwartet und handelt.
In meinen empfindlichen Füßen,
dauerhaft wie die Sonne und geöffnet wie Blumen,
unermüdliche prachtvolle Soldaten
im grauen Krieg des Raumes,
endet alles, das Leben hat endgültig in meinen Füßen
sein Ende,
dort fängt das Fremde und Feindselige an:
die Namen der Welt, das Begrenzende und das Ferne,
das Selbständige und das Eigentümliche, für die in meinem
Herzen kein Raum,
sie haben mit fester und kalter Beharrlichkeit dort ihren
Ursprung.

Immer
wird es zwischen meinen Füßen und der Erde
hergestellte Dinge geben, Strümpfe, Schuhe,
oder einfach unendliche Luft,
so meines Wesens Abgesondertheit und Einsamsein aufs
äußerste verschärfend,

etwas zwischen mein Leben und die Erde gewaltsam
Unterschobenes,
etwas offenbar Unüberwindliches und Feindliches.

Das Gespenst des Frachtschiffes

Entfernung, die auf Schaumrollen flieht,
Salz in rituellen Wogen und nach bestimmten Regeln,
und ein Geräusch, ein Geruch nach altem Schiff,
nach fauligen Hölzern und meerzerfressenem Eisen
und müden Maschinen, die heulen und weinen,
den Bug vorwärts stoßen, gegen die Flanken stampfen,
den Jammer zerkauen, Entfernungen schlucken und schlucken,
wobei sie einen Lärm bitteren Wassers auf den bitteren
Wassern hervorbringen
und das alte Schiff über die alten Wasser treiben.

Laderäume innen, dämmrige Stollen
die nur der unterbrechende Tag der Häfen in Augenschein
nimmt:
Säcke, Säcke, die eine finstere Gottheit gehäuft
wie graue rundliche Tiere ohne Augen,
mit zarten grauen Ohren
und beachtlichen Bäuchen, angefüllt mit Kopra und Korn,
empfindsame Leiber schwangerer Frauen,
die, ärmlich in Grau gekleidet, geduldig
im Dunkel eines elenden Kinos warten.

Auf einmal hört man außen
die Wasser vorübereilen, hinsprengend wie ein undurch-
sichtiges Pferd,
mit dem Lärm von Pferdehufen im Wasser,
reißend schnell und wieder verschluckt von den Fluten.
Und dann wieder nichts als die Zeit in den Kojen:

die Zeit in dem öden vernachlässigten Speisesaal,
unbeweglich und sichtbar wie ein großes Mißgeschick.
Geruch von völlig verbrauchtem Leder und Stoffen
und Zwiebeln und Öl und mehr noch,
Geruch von jemand, der in den Winkeln des Schiffes
umherschwebt,
Geruch von jemand Namenlosem,
der wie eine Luftdünung die Treppe herabkommt
und mit abwesendem Leib durch die Gänge streift
und mit Augen späht, die der Tod gewissentlich bewahrt.

Er schaut mit seinen farblosen blicklosen Augen
langsam umher und geht ohne Schatten, ohne Gegenwart
zitternd vorbei:
die Geräusche zerknittern ihn, die Dinge gehen durch ihn
hindurch,
seine Transparenz läßt die schmutzigen Stühle erglänzen.
Wer ist dieses Gespenst ohne Gespensterleib
mit Schritten leicht wie nächtliches Mehl
und einer Stimme, die nur durch die Dinge selber spricht?
Von ihrem stummen Dasein erfüllt, reisen die Möbel
wie winzige Schiffe in dem alten Schiff,
befrachtet mit ihrem vagen und eitlen Dasein:
die Kleiderschränke, die grünen Tischbezüge,
die Farbe der Gardinen und des Bodens,
alles hat die weiche Leere seiner Hände erlitten,
und sein Atem hat die Dinge abgenutzt.

Es schleift und gleitet vorüber, steigt hinunter, durchsichtig,
Luft in der kalten Luft, die über das Schiff streicht,
mit seinen verborgenen Händen stützt es sich auf die Reling
und starrt auf das bittere Meer, das hinter dem Schiff entflieht.
Nur die Wasser weisen seine Macht zurück,
seine Farbe und seinen Geruch nach vergessenem Gespenst,
kühl und tief entfalten sie ihren Tanz
wie Wesen aus Feuer, wie Blut oder Duft,
neu und stark quellen sie hervor, vereinigt und immer
wieder vereint.

Die Wasser ohne sich je zu verbrauchen, ohne Gewohnheit, ohne Frist,
in Massen grün, wirksam und kalt,
schlagen sie gegen den schwarzen Magen des Schiffes und waschen
seine Materie, seine rissige Schale, seine eisernen Runzeln:
die heftigen Wasser zernagen die Rinde des Schiffes,
wobei sie ihre langen Fahnen aus Schaum verschleißen
und ihre Zähne aus Salz in Tropfen sprühen.

Mit seinem augenlosen Gesicht blickt das Gespenst aufs Meer:
auf den Kreislauf des Tages, den Husten des Schiffes, einen Vogel
in der runden und einsamen Gleichung des Raumes,
und von neuem steigt es zum Leben des Schiffs hinab,
fällt auf die tote Zeit und das Holz
gleitet in die schwarzen Küchen und Kojen,
träge von Luft und Dunst und trostlosem Raum.

Der Tango des Witwers

O Boshafte, nun wirst du den Brief gefunden haben,
nun wirst du schon geheult haben vor Wut
und wirst die Erinnerung an meine Mutter besudelt haben,
sie eine verkommene Hündin nennend und Mutter von Hunden,
nun wirst du, verlassen, mutterseelenallein, den Tee der Dämmerung bereits getrunken haben,
den Blick auf meine alten, nun immer leeren Schuhe,
und wirst dich schon nicht mehr meiner Krankheiten erinnern können, meiner nächtlichen Träume, meiner Mahlzeiten,

ohne mich mit lauter Stimme zu beschimpfen, als wäre ich
noch da
und beklagte mich über die Tropen, die Corringhi-Kulis,
die giftigen Fieber, die mich so zugerichtet haben,
und über die schrecklichen Engländer, die ich noch immer
hasse.

Boshafte, in Wahrheit aber, wie groß ist die Nacht, wie
allein die Erde!
Ich bin wieder in öde Schlafzimmer geraten,
kalt zu frühstücken in Restaurants,
und wieder werfe ich Hemd und Hosen auf den
Boden,
es gibt keine Kleiderhaken in meinem Zimmer, kein Bildnis
von irgendwem an den Wänden.
Wieviel von dem Schatten, der in meiner Seele ist, gäbe ich
her, um dich wieder zu haben,
und wie bedrohlich scheinen mir die Namen der Monate,
und das Wort Winter, welch düsteren Trommelklang hat es.

Später wirst du neben der Kokospalme das Messer vergraben
finden,
das ich dort verbarg, aus Angst, du könntest mich umbringen,
und nun möchte ich auf einmal seinen Küchenstahl riechen,
der ans Gewicht deiner Hand gewohnt war und an den
Schimmer deines Fußes:
in der Nässe der Erde, zwischen den fühllosen Wurzeln
kann das arme Ding von allen menschlichen Sprachen einzig
deinen Namen wissen,
und das schwere Erdreich begreift deinen Namen nicht,
erschaffen aus göttlichen Substanzen, unergründlichen.

So wie es mich traurig macht, am hellen Tag an deine
Schenkel zu denken,
die wie gestautes hartes Sonnenwasser angeschmiegt,
und der Schwalbe, die in deinen Augen schwebend und
schlummernd lebt,
und des tollwütigen Hundes, den du in deinem Herzen
birgst,

so auch seh ich all die Tode, die von dieser Stunde an
zwischen uns liegen,
und ich atme in der Luft die Asche und das Zerstörte,
den ungeheuren einsamen Raum, der mich umgibt für immer.

Ich gäbe gern das Wehen dieses gewaltigen Meeres her
für deinen hastigen Atem,
in langen Nächten vernommen, frei von Vergessen,
der sich der Luft verhaftet wie die Peitsche dem Fell
des Pferdes.
Und um dich harnen zu hören in der Dunkelheit hinten
im Haus,
als würde ein dünner zitternder hartschlägiger silberner Honig
verschüttet,
wieviel Mal würde ich diesen Schattenchor hergeben, der mir
angehört,
und das Klirren nutzloser Degen, das man in meiner Seele
vernimmt,
und die Taube aus Blut, die einsam in meiner Stirne lebt,
nach entschwundenen Dingen rufend, entschwundenen
Wesen,
Substanzen, seltsam untrennbaren und verlorenen.

IV
Gesang

Die efeugleiche Rose verschlingt
und erklimmt den Gipfel des Heiligen:
mit schweren Krallen klammert sie
die Zeit an das ermüdete Geschöpf:
sie schwillt und weht in den harten Adern,
schnürt den Lungenstrang ab, und dann
lauscht sie und atmet lange.

Sterben möcht ich, leben will ich,
ein Werkzeug, ein unendlicher Hund,
Bewegung des massiven Weltmeers
mit uralter und schwarzer Haut.

Wem zulieb und zu wem ertönt im Dunkel
meine sich steigernde Gitarre,
die im Salz meines Daseins entspringt
wie in des Meeres Salz der Fisch?

O welch verschlossenes ununterbrochenes Land,
unbeteiligt in der Zone des Feuers,
unbewegt im furchtbaren Kreislauf,
trocken, inmitten der Feuchte der Dinge.

Dann aber zwischen meinen Knien,
unter der Wurzel meiner Augen,
meine Seele fährt fort zu nähen:
ihre schreckliche Nadel ist am Werk.

Ich lebe weiter mitten im Meer,
allein und so irr verwundet,
so einzig und allein fortbestehend,
grausam verlassen.

Eiskalte Verrichtung

Sage mir, hörst du etwa nicht
das dumpfe Gestöhn der Zeit, das widerhallt
in deiner eigenen und sanften Sphäre?

Spürst du nicht allmählich
in gierigem und zitterndem Mühen
wiederkehren die beharrliche Nacht?

Trockenes Salz und Blut wie Luft,
reißendes Strömen von Flüssen
bestätigt bebend der Zeuge.

Dunkles Anwachsen der Wände,
ungestüme Zunahme der Türen,
rasende Menge der Reize,
gnadenloses Kreisen.

Ringsum brodelt und bevölkert sich
auf endlose Art und Weise,
in unablässiger Vermehrung,
mit entschiedenem wehrhaftem Maul der Raum.

Hörst du nicht beim Wettlauf
der Geschöpfe den beständigen Sieg
der Zeit, gelind wie das Feuer,
sicher und fest und herkulisch,
der sein Volumen häuft,
seine traurige Faser hinzufügt?

Einer ewigen Pflanze gleich wächst
ihr dünner und bleicher Faden,
von Tropfen naß, die fallen
lautlos, in der Einsamkeit.

Es besagt Schatten

Welche Hoffnung bleibt zu erwägen, welch reines
  Ahnen,
welch endgültiger Kuß im Herzen zu begraben,
im Beginn der Hilflosigkeit und des Einvernehmens zu
  bezwingen,
sanft und sicher über den ewig aufgestörten Wassern?

Welch lebensstarke, reißende Flügel eines neuen Engels
der Träume
sind an meine schlummernden Schultern zu heften,
zur immerwährenden Sicherheit,
auf daß der Weg zwischen den Sternen des Todes
ein gewaltiger Flug sei, vor vielen Tagen und Monden und
Jahrhunderten begonnen?

Vielleicht sucht die natürliche Schwäche der argwöhnischen
und begierigen Geschöpfe
auf einmal Dauer in der Zeit und Begrenzung auf der Erde,
vielleicht breiten die unerbittlich angewachsenen Mühsale
und Zeitalter
sich wie die Mondflut aus eines eben erschaffenen Weltmeers
über Küstenstriche und Gebiete von beängstigender Ödnis.

O möge, was ich bin, weiterleben und aussetzen zu leben
und meine Fügsamkeit mit solch eiserner Bedingung
sich anpassen,
daß der Tode und der Geburten Beben nicht erschüttere
den tiefen Ort, den ich mir vorbehalten möchte für ewig.

Darum möge, was ich bin, irgendwo und für alle Zeit
gegründet sein und gesichert und ein glühender Zeuge,
der bedachtsam sich zerstört und unaufhörlich sich bewahrt,
offensichtlich hingegeben seiner ursprünglichen Verpflichtung.

Aufenthalt auf Erden 2
(1931–1935)

I
Ein Tag tritt hervor

Aus dem Tönenden kommen Zahlen hervor,
sterbende Zahlen und Ziffern mit Dung,
durchnäßte Strahlen und schmutzige Blitze.
Aus dem Tönenden, wachsend, wenn
einsam die Nacht kommt, als neue Witwe,
als Taube, Mohnblüte oder Kuß,
und ihre wundersamen Sterne sich breiten.

Im Tönenden bestätigt sich das Licht:
die Vokale werden überflutet, als Blütenblätter fallen ab
die Tränen,
ein Wind aus Klängen hallt als Woge wider,
erglänzt, und Fische aus Kühle und Schnellkraft leben darin.

Fische im Klange, langsame spitze nasse
bogenförmige Massen von Gold, Tropfen am Schwanz,
Haie aus Schuppe und zitterndem Schaum,
bläuliche Lachse mit gefrorenen Augen.

Eiserne Werkzeuge sinken hinab, Gemüsekarren,
Geräusch von zerquetschten Trauben,
Geigen voll Wasser, frische Detonationen,
abgesoffne Motoren und staubige Schatten,
Fabriken, Küsse,
glucksende Flaschen,
Kehlen,
rings um mich tönt die Nacht,
der Tag, der Monat, die Zeit,
klingend wie Säcke voll nasser Glocken,
wie gräßliche Mäuler von zerbrechlichen Salzen.
Wogen der See, Einstürze,
Krallen, Schritte des Meers,
fortgerollte Fluten zermalmter Tiere,
Pfiffe im heiseren Nebel
bestimmen die Klänge der sanften Morgenröte,
wenn sie erwachen im verlassenen Meer.

Ins Tönende gleitet die Seele,
da sie aus Träumen stürzt,
umkreist noch immer von ihren schwarzen Tauben,
noch immer überzogen mit ihren Fetzen Abwesenheit.

Dem Klingenden eilt die Seele zu
und feiert ihre raschen Hochzeiten und stürzt sich hinein.

Rinden des Schweigens, von trübem Blau,
wie Flaschen in düstren zugesperrten Apotheken,
Schweigen, gehüllt in Haar,
Schweigen, das einhersprengt auf beinlosen Rossen,
und Maschinen im Schlaf und Segel ohne Luftraum,
und Züge aus atemlosem Jasmin und Wachs,
und durch die Last von Schatten und Hüten erdrückte Schiffe.

Aus dem Schweigen steigt die Seele auf
mit augenblickwährenden Rosen,
und sinkt zusammen in des Tages Frühe
und erstickt, erdangepreßt, im tönenden Licht.

Ungestüme, Schuhe, Tiere, Hausgerät,
Wogen hartnäckiger Hähne, die sich verströmen,
Uhren, die wie trockene Mägen arbeiten,
Räder, die auf verwahrlosten Schienen sich entfalten,
und weiße Spülklosetts, die mit hölzernen Augen
erwachen wie einäugige Tauben,
und ihre wassererfüllten Kehlen
rauschen auf einmal wie Katarakte.

Seht, wie die Augenlider des Schimmels sich heben,
und das rote Türschloß sich entkettet
und die Girlande ihre Bestimmungen entfaltet,
Dinge, die wachsen,
die von den großen Trambahnen plattgedrückten Brücken
quietschen wie Betten unter Liebschaften,
die Nacht hat ihre Pianoflügel entbreitet;
wie ein Pferd sprengt der Tag in seine Tribunale.

Aus dem Tönenden kommt der Tag
aus Steigerung und Rang
auch aus abgebrochnen Veilchen und Gardinen,
aus Weiten, aus gerade flüchtenden Schatten
und Tropfen, die aus dem Herzen des Himmels
fallen als des Himmels Blut.

Nur der Tod

Sind verödete Totenäcker,
Gräber voller lautloser Knochen,
und das Herz geht durch einen Stollen,
dunkel, dunkel, dunkel;
wie ein Schiffsuntergang sterben wir dem Innern zu,
als ertränken wir in unserem Herzen,
als stürzten wir aus der Haut hinab in die Seele.

Sind Leichen,
sind Füße aus kaltem klebrigem Grabstein,
es west der Tod in den Knochen,
wie bloßer Laut,
wie ein Gebell ohne Hund,
so kommt er aus manchen Glocken, aus manchen Gräbern,
so schwillt er in der Feuchte an wie das Weinen,
wie der Regen.

Allein gelassen, seh ich zuweilen
Särge gehißten Segels
die Anker lichten mit bleichen Verstorbenen, Frauen
mit toten Zöpfen,
mit Bäckern, wie Engel weiß,
mit grüblerischen jungen Mädchen, verehelicht mit Notaren,
Särge, die den vertikalen Strom der Toten aufwärts fahren,
den maulbeerfarbenen Strom,

hinauf, die Segel gebläht vom Klang des Todes,
vom stummen Klang des Todes gebläht.

Der Tod erreicht das Klingende
wie ein Schuh ohne Fuß, wie ein Kleid ohne Mann,
er kommt und pocht mit einem Ring ohne Stein, ohne Finger,
er kommt und schreit ohne Mund, ohne Zunge, ohne Kehle.
Dennoch hallen seine Schritte,
und sein Gewand tönt stumm wie ein Baum.

Ich weiß nicht, ich kenne wenig, ich bemerke kaum,
aber ich glaube, sein Sang hat die Farbe von nassen Veilchen,
von Veilchen, die an die Erde gewöhnt sind;
denn das Antlitz des Todes ist grün,
und der Blick des Todes ist grün,
von eines Veilchenblatts ätzender Feuchte,
und düster seine Farbe eines erbitterten Winters.

Aber der Tod geht auch als Besen gekleidet durch die Welt,
nach Toten suchend leckt er die Erde,
der Tod ist in dem Besen,
das ist des Todes Zunge, die nach Toten sucht,
das ist des Todes Nadel auf der Suche nach Garn.
In den Bettstellen haust der Tod:
in den weichen Matratzen, in den schwarzwollenen Decken
lebt er hingestreckt, und auf einmal haucht er:
haucht einen dunklen Laut, der die Laken bläht,
und die Betten schwimmen auf einen Hafen zu,
wo er steht und wartet, im Rock eines Admirals.

Barkarole

Rührtest du nur an mein Herz,
legtest du nur deinen Mund auf mein Herz,
deinen zarten Mund, deine Zähne,
dränge deine Zunge wie ein roter Pfeil
dorthin, wo mein staubiges Herz schlägt,
bliesest du weinend am Meer in mein Herz,
es würde tönen mit dunklem Geräusch,
mit Räderhallen eines Zuges voll Traum,
wie schwankende Fluten,
wie der Herbst in Blättern,
wie Blut,
mit einem Knistern von nassen Flammen, die den Himmel
  verbrennen,
wie Träume tönen, wie Zweige oder Regen
oder Nebelhörner eines trostlosen Hafens,
bliesest du am Meer in mein Herz,
wie ein weißes Gespenst,
am Rande des Schaums,
mitten im Wind,
wie ein entfesseltes Gespenst, weinend, am Ufer des Meeres.

Wie ausgedehnte Abwesenheit, wie eine plötzliche Glocke
verteilt das Meer des Herzens Laut
mit einem Dämmern und Regnen an einer verlassenen Küste,
  es regnet:
zweifellos sinkt die Nacht,
und ihr unheilvolles Blau einer Fahne im Untergang
bevölkert sich mit Planeten aus heiser gewordenem Silber.
Und das Herz tönt wie eine rauhe Muschel,
es schreit, o Meer, o Klage, o zerfließendes Entsetzen,
hingebreitet in Mißgeschicken und zerfetzten Wogen:
Aus dem Tönenden klagt das Meer
seine ruhenden Schatten an, seinen grünen Mohn.

Wärest du augenblicks da an einer traurigen Küste,
umringt vom toten Tag,

angesichts einer neuen Nacht
von Wogen erfüllt
und bliesest in mein Herz aus kalter Furcht,
bliesest in das einsame Blut meines Herzens,
bliesest mit Flammen in sein Taubengeflatter,
tönen würden seine schwarzen Silben aus Blut,
anschwellen würden seine unaufhörlichen roten Fluten,
es würde tönen, nach Schatten tönen,
es würde rauschen wie der Tod,
würde schreien wie ein Eisenrohr voll Wind oder Weinen,
wie eine Flasche, die wilde Schrecken sprudelt.

So ist es, und Blitze würden deine Zöpfe bedecken
und der Regen dränge in deine offnen Augen,
die Tränen zu bereiten, die du heimlich in dir verschließt,
und die schwarzen Flügel des Meeres würden kreisen
um dich mit mächtigen Fängen, Gekrächz und Flügen.

Willst du das Gespenst sein, das einsam
am Meer sein trauriges unergiebiges Instrument bläst?
Riefest nur immer du
seinen langgezogenen Ton, sein unheilvolles Geschrill,
sein System verwundeter Wogen,
jemand würde vielleicht kommen,
jemand würde kommen,
von den Gipfeln der Insel, aus der roten Tiefe des Meers,
jemand würde kommen, würde kommen.

Jemand würde kommen, blase mit irrer Leidenschaft,
daß es töne wie die Sirene eines zerspellten Schiffs,
wie Klageschrei,
wie ein Wiehern inmitten des Meeresschaums und des Bluts,
wie ein reißendes Wasser, das rauschend sich selber
  verschlingt.
In der Meereszeit
kreist seine Schatten-Muschel wie ein Schrei,
die Meervögel mißachten ihn und fliehen,
seine Tonstreifen, seine traurigen Gitter
erheben sich an des öden Ozeans Gestaden.

Der Süden des Ozeans

Aus aufgezehrtem Salz und gefährdetem Schlund
sind die Rosen gemacht des einsamen Ozeans,
und dennoch kreist die Flut,
und furchtbare Vögel,
und nichts als Nacht ist, begleitet
vom Tag, und der Tag, begleitet
von einer Zufluchtsstätte, einem
Spalthuf, vom Schweigen.

Und in dem Schweigen anwächst der Wind
mit seinem einzigen Blatt und seiner gepeitschten Blüte,
und der Sand, der nur Tasten ist und Schweigen,
nichts ist da, ein Schatten ist,
eines flüchtigen Pferdes Spur,
nichts ist da als eine in die Zeit eingegangene Woge,
denn alle die Wasser führen zu den eisigen Augen
der Zeit, die in der Tiefe des Meeres blickt.

Ihre Augen sind bereits gestorben an totem Wasser und
  Tauben
und sind zwei Höhlen von bitterer Breite,
durch die die Fische ziehn mit blutigen Zähnen
und die Wale auf der Suche nach Smaragden
und Skelette bleicher Kavaliere, abgezehrt
von den weichen Medusen, und dann noch
einige Gruppen giftiger Myrten,
vereinzelte Hände, Pfeile,
Revolver aus Schuppe,
ununterbrochen treiben sie durch ihre Schläfen
und verschlingen ihre Augen aus entblößtem Salz.
Wenn der Mond seine Schiffbrüche hergibt,
seine Särge, seine mit männlichen
Mohnblüten bedeckten Toten,
wenn in den Sack des Mondes
die im Meer begrabenen Kleider fallen
mit ihren dauernden Leiden, ihren ausgerauften Bärten,

ihren Köpfen, die die Flut verlangte und der Stolz für allezeit,
hört man in der Erstreckung zum Grund des Meeres
Knie hinuntersinken, die herbeigeschleppt der Mond
in seinem Sack aus Stein, abgenutzt von den Tränen
und von den Bissen unheilvoller Fische.

Wahrhaftig, es ist der Mond, der da niedersteigt
mit grausigem Schwammerschüttern, es ist trotz allem
der Mond, hin und her schwankend zwischen den
Schlupfwinkeln der Tiere,
der Mond, zernagt von den Schreien des Wassers,
die Bäuche des Monds, seine Schuppen
aus abgeplatztem Stahl: und von nun an
sinkt er hinab ans Ende des Weltmeers,
blau und blau, durchdrungen von Bläuen,
blinden Bläuen aus blinder Materie,
und er schleift seine verdorbene Last hinter sich her,
Taucher, Hölzer, Finger,
ein Fischerweib des Blutes, das vergossen wurde
durch große Katastrophen auf des Meeres Gipfeln.

Aber ich spreche von einem Ufer, dort, wo das Meer peitscht
in Raserei und die Wogen die Mauern aus Asche
berennen. Was ist das? Ist es ein Schatten?
Das ist kein Schatten, es ist der Sand des traurigen Landes,
es ist ein System von Algen, Schwingen gibt es, einen
Schnabelhieb
in die Brust des Himmels gibts,
o Fläche, verwundet von den Wogen,
o Ursprung des Meeres,
so der Regen deine Geheimnisse hütet, so der nie endende
Wind
die Vögel tötet, so nur noch Himmel ist,
will ich einzig deine Küsten zernagen und sterben,
will ich einzig auf den Mund der Steine blicken,
aus dem die Geheimnisse hervorgehn voll von Schaum.

Ist ein einsamer Erdstrich, ich habe
von diesem so öden Erdstrich schon gesprochen,

wo die Erde erfüllt ist ganz von Ozean,
und niemand ist da als ein paar Pferdespuren,
und niemand ist da als der Wind, niemand ist da
als der Regen, der niedergeht auf die Wasser des Meeres,
niemand als der Regen, der anschwillt über dem Meer.

II
Walking around

Es geschieht, daß ich müde bin, Mensch zu sein!
Ich trete in Schneiderstuben, in Kinos
schlaff undurchdringlich wie ein Schwan aus Filz,
der auf einem Wasser von Ursprung und Asche treibt.

Der Geruch der Frisiersalons läßt mich laut schluchzen.
Ich möchte nichts weiter als eine Ruhe von Stein oder Wolle
ich will keine Errichtungen mehr noch Gärten sehen,
keine Waren, keine Brillen, keine Fahrstühle.

Es geschieht, daß ich überdrüssig meiner Füße,
  meiner Nägel bin,
und meines Haars und meines Schattens!
Es geschieht, daß ich müde bin, Mensch zu sein!

Dennoch wäre es köstlich,
einen Notar mit einer ausgerauften Lilie zu erschrecken
oder eine Nonne mit einer Ohrfeige umzubringen.
Es wäre wunderbar,
mit einem grünen Messer durch die Straßen zu laufen
und zu brüllen, bis man tot umfällt vor Kälte.

Ich mag nicht mehr Wurzel sein in der Finsternis,
schwankend, ausgestreckt, zitternd vor Schläfrigkeit,
abwärts immer, ins nasse Lehmwerk der Erde,
saugend und sinnend, essend Tag für Tag.

Ich mag so viel Unheil nicht für mich.
Mag nicht länger Wurzel sein und Grab,
verlassener Schacht, Kellergewölb mit Toten,
kältestarr, sterbend vor Leid.

Darum flammt der Montag wie Erdöl auf,
wenn er mich kommen sieht mit meinem Kerkergesicht,
und er heult in seinem Verlauf wie ein wundes Rad
und macht Schritte von heißem Blut der Nacht entgegen.

Und er treibt mich in manche Winkel, in manche feuchte
  Häuser,
in Spitäler, wo die Knochen durchs Fenster rauskommen,
in manche Schusterstube, die nach Essig riecht,
in Straßen, erschreckend wie Erdrisse.

Es gibt Vögel, schwefelfarbig, und gräßliches Gedärm,
das an den Türpfosten der Häuser hängt die ich hasse.
Es gibt Gebisse, in einer Kaffeekanne vergessen,
es gibt Spiegel,
die hätten weinen müssen vor Scham und Entsetzen,
Schirme gibt es allerorts und Gift und Nabelschnüre.

Ich schlendre umher mit Gelassenheit, mit Augen,
  mit Schuhen,
mit Wut, mit Vergessen,
ich geh vorüber, quere Amtsstuben und orthopädische Läden,
und Höfe, wo an einem Draht Wäsche hängt:
Unterhosen, Handtücher und Hemden, die langsame
schmutzige Tränen weinen.

Entprotokollierung

Die Taube ist vollgestopft mit heruntergefallenen
Zetteln,
ihre Brust von Radiergummis und Wochen befleckt,
von Löschblättern, weißer als ein Leichnam,
und Tinten, vor der eigenen Unheilsfarbe erschrocken.

Tritt mit mir ins Dunkel der Kanzleien,
in die kränkliche matte Blässe der Bürovorsteher,
in die Gänge, unergründlich wie Kalender,
ins schmerzliche Geräder der tausend Seiten.

Laß uns die Titel und Klauseln durchgehen,
die Geheimakten, die Sorgen,
die Bittgesuche mit ihren ekelerregenden Herbstzähnen,
die Wut aschgrauer Instanzen und trauriger Entscheide.

Es ist ein Bericht über zerschlagene Knochen,
peinliche Umstände und endlose Anzüge
und plötzlich ernst zu nehmende Strümpfe.
Es ist die tiefe Nacht, der aderlose Kopf,
aus dem der Tag fällt, unversehens,
wie aus einer vom Blitz zerspellten Flasche.

Es sind die Füße und die Uhren und die Finger
und eine Lokomotive aus sterbender Seife
und ein spröder Himmel aus nassem Metall
und ein gelber Fluß aus Gelächel.

Alles gelangt an die Fingerspitzen wie Blumen,
an die Nägel wie Blitze, auf welke Sessel,
alles gelangt in die Tinte des Todes
und in das violette Maul der Stempel.

Laßt uns den Tod der Erde beweinen und das Feuer,
die Degen, die Trauben,
die Geschlechter mit ihrer harten Wurzelherrschaft,

die Schiffe des Rausches inmitten der Schiffe
und den Duft, der nachts auf Knien tanzt
und einen Planeten durchbohrter Rosen mit sich schleift.

Im Kleid des Hundes und einen Fleck auf der Stirn
laßt uns in den Abgrund der Akten versinken,
in den Zorn der gefesselten Worte,
in hartnäckig tote Kundmachungen,
in Systeme, eingehüllt in vergilbte Papiere.

Wälzt euch mit mir in die Kanzleien, in den zweifelhaften
Ruch von Ministerien und Gräbern und Stempelmarken.
Kommt mit mir in den weißen Tag, der da stirbt
unter Schreien wie eine ermordete Braut.

Verfall der Straße

Über das geschmähte Eisen, über die Augen des Gipses
gleitet eine Zunge unterschiedlicher Jahre
der Zeit. Es ist ein Schweif
aus rauhem Roßhaar, zorngeladene Hände aus Stein,
und die Farbe der Häuser verstummt, und es bersten
die Bestimmungen der Architektur,
ein schrecklicher Fuß verschmutzt die Balkone:
gelassen und mit angehäuftem Schatten,
mit Masken, zernagt von Winter und Schwäche,
ziehen die Tage vorbei mit hoher Stirn,
zwischen Gebäuden ohne Mond.

Das Wasser und die Gewohnheit und der weiße Moder,
den unser Stern ausströmt, und vor allem
die von rasenden Glocken geschlagene Luft
brauchen die Dinge auf, tasten
die Räder an, stauen sich

in den Zigarrenläden,
und auf den Simsen wächst das rote Haar an
wie eine endlose Klage, während ins Tiefe
Schlüssel fallen, Uhren,
Blumen, dem Vergessen einverleibte.

Wo ist das eben erst geborene Veilchen? Wo
die Krawatte und der jungfräulichrote Zephir?
Über die Ortschaften
rückt eine Zunge modrigen Staubes vor,
die Ringe zerfrißt, den Anstrich zernagt,
die schwarzen Stühle zu stimmlosem Winseln erregt,
den Blumenzierat aus Zement bedeckt; die Gitter
aus brüchigem Metall,
der Garten und die Wolle, die von Regen versehrten
inbrünstigen fotografischen Vergrößerungen,
das Lechzen der Alkoven und die großen
Kinoplakate, auf denen der Panther
mit dem Donner kämpft,
die Geranienstöcke, die Vorratslager voll verdorbenem Honig,
der Husten, die Anzüge aus glänzendem Stoff,
alles überzieht sich mit einem tödlichen Geschmack
nach Rückschritt und Nässe und Wunde.

Die geknüpften Gespräche vielleicht, das Streifen der Körper,
die Tugend ermüdeter Ehefrauen, die im Rauche hausen,
die schonungslos umgebrachten Tomaten,
der Schritt der Pferde eines trostlosen Regiments,
das Licht, der Druck so vieler namenloser Finger
verbrauchen die glatte Fiber des Kalks,
umkreisen messergleich die Fassaden
mit neutraler Luft: während
der Hauch der Gefahr an der Beschaffenheit nagt,
laufen Ziegel und Salz wie Wasser aus
und schwanken die Karren mit dicken Achsen hin und her.

Woge aus zerstörten Rosen und Löchern! Zukunft
der duftenden Vene! Erbarmungslose Dinge!
Keiner laufe umher! Keiner breite die Arme aus

in dem blinden Wasser!
O Bewegung, o arg verstümmelter Name,
o Löffel voll wirren Winds
und gepeitschter Farbe! O Wunde, in die bis zum Tod
die blauen Gitarren stürzen!

Melancholie in den Familien

Ich bewahre eine blaue Flasche auf
und darin ein Ohr und ein Bildnis:
wenn die Nacht das Gefieder
der Eule treibt,
wenn der heisere Kirschbaum
die Lippen sich zerfetzt und mit Rinden
droht, die der Seewind oft durchlöchert,
weiß ich, daß es große versunkene Erstreckungen gibt,
Barren von Quarz,
Schlamm,
blaue Wasser für eine Schlacht,
viel Schweigen, viele
Flöze von Rückgang und Kampfer,
hinabgefallene Dinge, Medaillen, Zärtlichkeiten,
Fallschirme, Küsse.

Nichts ist als der Schritt eines Tages zum andern,
eine einsame Flasche, die durch die Meere wandert,
und ein Eßzimmer, wohin Rosen gelangen,
ein Eßzimmer, übriggelassen
wie eine Gräte; ich rede
von einem zersprungenen Trinkglas, von einer Gardine,
von der Tiefe
eines verödeten Zimmers, durch das ein Fluß strömt
und die Steine mit sich reißt. Es ist ein Haus,
das auf den Grundfesten des Regens steht,

ein zweistöckiges Haus mit unumgänglichen Fenstern
und Schlinggewächsen von unbedingter Treue.

Ich gehe durch die Abende, ich trete ein,
voll Schmutz und Tod,
das Erdreich mit mir schleifend und seine Wurzeln,
seinen nichtbegrenzten Bauch, in dem Leichen
beim Weizen schlafen,
Metalle, abgestürzte Elefanten.

Aber vor allem ist da ein schreckliches,
ein schrecklich verödetes Eßzimmer
mit zersprungenen Ölkrügen,
und der Essig rinnt unter den Stühlen hin,
einem zurückgehaltenen Mondstrahl,
etwas Dunklem, und ich suche
in mir nach einem Vergleich:
vielleicht ist es ein Laden, ganz von Meer umringt,
und Salzlake trieft aus zerschlissenen Tüchern.
Es ist nur ein verödetes Eßzimmer
und ringsherum sind endlos Weiten,
untergetauchte Fabrikhallen, Hölzer,
die allein ich kenne,
weil ich traurig bin und unterwegs
und die Erde kenne und ich traurig bin.

Mutterschaft

Warum stürzt du dich in die Mutterschaft und bekundest
deine dunkle Säure durch oft fatales Gewicht?
Die Zukunft der Rosen ist da! Die Zeit
von Netz und Blitz! Die sanften Bitten
der umsonst ernährten Blätter!
Ein übermäßger Strom

durchläuft Stockwerke und Körbe,
wobei er Leidenschaft weckt und Unheil
mit seiner schweren Flüssigkeit und seinem Tropfenwurf.

Ich spreche von einer unerwarteten Jahreszeit,
die gewisse Knochen besiedelt, gewisse Hände,
gewisse Matrosenkleider.

Nun, da ihr Funkeln schon die Rosen verändert,
da es ihnen Brot und Steine gibt und Tau,
o finstre Mutter, komm her,
eine Maske in der linken Hand,
die Arme voller Schluchzen.

Ich möchte, daß durch Flure du, wo niemand
starb, hindurchgehst, durch ein Meer ganz ohne Fische,
ohne Schuppen, ohne Schiffbrüchige,
durch ein Hotel ohne Schritte,
durch einen Tunnel ohne Rauch.

Für dich ist jene Welt bestimmt, in der niemand geboren
  wird,
in der es keine tote
Blumenkrone gibt und keine Gebärmutterblüte,
dein ist dieser Planet, von Haut und Steinen voll.

Dort gibt es Schatten für alle Leben.
Gibt es Kreisläufe aus Milch und Bauten aus Blut
und Türme aus grüner Luft.
Gibt es Stille in den Mauern und große bleiche Kühe
mit Eutern voll Wein.

Dort gibt es Schatten, auf daß der Zahn
daure in der Kinnlade und eine Lippe auf der andern,
daß dein Mund reden darf ohne zu sterben
und dein Blut nicht nutzlos sich verströme.

O dunkle Mutter, triff
mit zehn Messern in mein Herz,

hierher, dieser hellen Zeit entgegen,
diesem aschenlosen Frühling zu.

Bis seine schwarzen Hölzer du zerbrichst,
ruf in mein Herz, bis eine Landkarte
aus Blut und überflutendem Haar
die Höhlungen befleckt und das Dunkel,
bis seine Scheiben weinen, schlag daran,
bis seine Nadeln sich verstreun.

Das Blut hat Finger, und es öffnet Schächte
in der Erde.

Krankheiten in meinem Hause

Wenn das Verlangen nach Freude mit seinen Rosenzähnen
die Schwefel annagt, die viele Monate lang niederfielen,
und sein natürliches Netz, sein tönendes Haar
in meine erloschenen Zimmer mit dumpfem Schritt gelangen,
pocht dort die Rose aus verfluchtem Draht
mit Spinnen an die Wände,
und das zersprungene Glas befeindet das Blut
und des Himmels Krallen häufen sich so,
daß man nicht hinausgehen kann, daß man sich keiner
  sinnvollen
Sache zuwenden kann,
so dichter Nebel ist, der von Vögeln schweifende
  kotbesudelte Nebel,
so viel in Essig verwandelter Dunst ist
und saure Luft, die die Treppen durchlöchert:
in diesem Augenblick, da der Tag niederstürzt mit
  vernichteten Schwingen,
ist nichts als Weinen, nichts weiter als Weinen,

denn nur zu leiden, einzig zu leiden ist,
und nichts weiter als Weinen.

Das Meer bemüht sich, jahrelang einen Vogelfuß zu treffen,
und es peitscht das Salz und der Schaum verschlingt
die Wurzeln eines Baumes packen eine Mädchenhand,
die Wurzeln eines Baumes, größer als eine Mädchenhand,
größer als eine Hand des Himmels,
und das ganze Jahr hindurch sind sie am Werk, jeden
  Mond-Tag
steigt Mädchenblut in die vom Mond befleckten Blätter auf
und ein Planet mit gräßlichen Zähnen ist da,
der das Wasser vergiftet, in das die Kinder fallen,
wenn Nacht ist und es nichts gibt als den Tod,
nur den Tod und weiter nichts als Weinen.

Wofern in der Stille nur ein Weizenkorn, wen
aber um Gnade flehen für ein Weizenkorn?
Seht, wie die Dinge sind: So viele Züge,
so viele Spitäler mit gebrochnen Knien,
so viele Kammern voll sterbender Menschen:
dann also, wie? wann?
wen um ein paar Augen bitten von der Farbe eines kühlen
  Monats,
und um ein Herz, von der Größe schwankenden Korns?
Nur Räder sind und Erwägungen,
langsam gesteigerte Ernährung,
Sternlinien, Gläser,
in die nichts fällt, nur die Nacht,
nichts weiter als der Tod.

Man muß den gebrochenen Schritt durchhalten.
Unter Dächern und Traurigkeiten einherziehn, während
ein glühendes Ding mit nassen Flammen brennt,
ein Ding unter Stoffetzen, die wie Regen traurig,
etwas, das brennt und schluchzt,
ein Symptom, ein Schweigen.
Zwischen aufgegebenen Gesprächen und geatmeten
  Gegenständen,

zwischen den eitlen Blumen, die das Schicksal krönt und preisgibt,
ist ein Strom, der in eine Wunde stürzt,
ist das Weltmeer, das eines zerbrochenen Pfeiles Schatten peitscht,
ist der ganze Himmel, der einen Kuß aushöhlt.

Helft ihr mir, Blätter, die mein Herz in aller Stille
bewundert hat,
rauhe Pfade, ihr Winter des Südens, Haarflut
von Frauen, naß von meinem irdischen Schweiß,
Südmond des blattlosen Himmels,
kommt zu mir mit einem Tag ohne Schmerzen,
mit einer Minute, in der ich meine Adern wiedererkennen kann.

Ich bin ermüdet von einem Tropfen,
bin verwundet an einem einzigen Blütenblatt,
und durch ein Nadelöhr steigt ohne Trost ein Blutstrom auf,
und ich ertrinke in den Fluten des Taus, der im Schatten verwest,
und um eines Lächelns willen, das nicht gelingt, um einen süßen Mund,
um ein paar Finger, die der Rosenstrauch lieben würde,
schreibe ich dieses Gedicht, das nur ein Klagen ist,
nichts als ein Klagen.

III
Ode mit einer Klage

O Mädchen unter den Rosen, du Drängen von Tauben,
du Kerker von Fischen und Rosenstöcken,
deine Seele ist eine Flasche voll durstigem Salz,
und eine Glocke voll Trauben ist deine Haut.

Zu meinem Mißgeschick habe ich dir nichts als Fingernägel
zu schenken,
als Wimpern oder hinschmelzende Klaviere,
oder Träume, die aus meinem Herzen nur so sprudeln,
staubbedeckte Träume, die wie schwarze Reiter
einhersprengen,
Träume voller Hast und Unglück.

Nur mit Küssen und Mohnblüten kann ich dich lieben,
mit Girlanden, von Regen naß,
aschgraue Pferde in meinem Blick und gelbe Hunde.
Nur mit Wogen im Rücken kann ich dich lieben,
zwischen dumpfem Gepoch von Schwefel und tiefsinnenden
Gewässern
schwimme ich gegen die Friedhöfe an, die auf gewissen
Flüssen treiben
mit nassem Gras, das über die traurigen gipsernen Gräber
wuchert,
schwimme ich quer durch untergegangene Herzen
und bleiche Formulare über unbeerdigte Kinder.

Viel Tod ist, viel Begräbnis
in meinen hilflosen Leidenschaften und trostlosen Küssen,
da ist das Wasser, das auf mein Haupt fällt,
während mein Haar wächst,
ein Wasser wie die Zeit, ein schwarzes hinwütendes Wasser
mit einer nächtlichen Stimme, mit einem Vogelschrei
im Regen, mit dem endlosen
Schatten einer nassen Schwinge, der meine Knochen schützt:
während ich mich ankleide, während
ich unaufhörlich in den Spiegeln und den Scheiben mich
betrachte,
höre ich, wie mir jemand folgt und schluchzend nach mir
ruft
mit trauriger Stimme, morsch von der Zeit.

Du stehst aufrecht auf der Erde, voll
von Zähnen und Blitzen.
Du streust deine Küsse aus und bringst die Ameisen um.

Du weinst aus Gesundheit, aus Zwiebelfülle und Biene,
aus Fibelglut.
Du bist wie ein blaues und grünes Schwert,
und wenn man dich anrührt, wogst du wie ein Strom.

Komm zu meiner weißgekleideten Seele mit einem Zweig
blutiger Rosen und Schalen voll Asche,
komm mit einem Apfel und einem Pferd,
denn hier sind ein dunkles Zimmer und ein zersprungener
  Leuchter,
ein paar krumme Stühle, die auf den Winter warten,
und eine tote Taube, mit einer Ziffer.

Hochzeitliche Materie

Aufrecht wie ein Kirschbaum ohne Rinde, ohne Blüte,
außergewöhnlich, entflammt, mit Adern und Speichel
und Fingern und Hoden,
blicke ich auf ein Mädchen aus Papier und Mond,
flach hingestreckt, zitternd und atmend und weiß,
und auf die Spitzen der Brüste wie zwei voneinander
  getrennte Ziffern
und die rosenfarbene Vereinigung ihrer Schenkel, wo
ihre Scham mit nächtlichen Wimpern schlägt.

Bleich und uferlos
spüre ich Worte untergehen in meinem Mund,
Worte wie ertrunkene Kinder,
und Fahrtstrich und Fahrtstrich und Zähne lassen Schiffe
  anwachsen
und Wasser und Himmelsstrich wie Vergluten.

Ich werde sie wie ein Schwert hinlegen, wie einen Spiegel,
ich werde bis in den Tod ihre furchtsamen Schenkel spreiten,

und ihre Ohren und ihre Adern beißen,
ich werde sie zurücksinken lassen mit geschlossenen Augen
in einen dichten Fluß grünen Samens.

Ich werde sie mit Mohnblüten überschwemmen und Blitzen,
mit Knien sie umhüllen, mit Lippen, mit Nadeln,
ich werde weinend in sie dringen Stück für Stück der Epidermis
mit frevelhaftem Druck und durchtränkten Haaren.

Ich werde sie jagen, daß sie durch Nägel und Seufzer flieht,
dem Niemals zu, dem Nichts zu,
daß sie aufklimmt am weichen Mark und Oxygen,
an Erinnerungen und Beweggründe sich klammert
wie eine einzelne Hand, wie ein abgetrennter Finger,
der einen Nagel aus hilflosem Salz regt.

Sie soll im Schlaf über Wege aus Haut laufen
in ein Land aus aschgrauem Gummi und Asche,
mit Messern und Laken und Ameisen kämpfend
und mit Augen, die in sie sinken wie Tote,
und mit Tropfen einer schweren Materie, die hingleiten
wie blinde Fische oder Kugeln aus schwerem Wasser.

Sexuelles Wasser

Rinnend in einzelnen schweren Tropfen,
in Tropfen wie Zähne,
in dicken Tropfen aus Sirup und Blut,
rinnend in schweren Tropfen
fällt das Wasser
wie ein Schwert in Tropfen,
wie ein zerreißender Fluß aus Glas,
fällt es ätzend,

und trifft die Achse der Symmetrie, heftet sich an die Nähte der Seele,
wobei es aufgegebene Dinge zerbricht, das Dunkel durchtränkt.

Es ist nur ein Hauch, feuchter als Träne,
eine Flüssigkeit, ein Schweiß, ein namenloses Öl,
eine heftige Bewegung,
sich schaffend, sich verdichtend,
fällt das Wasser
in langsamen schweren Tropfen
seinem Meere zu, seinem trockenen Weltmeer zu,
seiner wasserlosen Woge.

Ich sehe den weitgedehnten Sommer, und aus einem Kornboden kommt ein Keuchen,
sehe Kellereien, Zikaden,
Dörfer, Anreize,
Wohnungen, Mädchen,
die mit den Händen auf dem Herzen schlafen,
von Räubern träumen, von Feuersbrünsten,
ich sehe Schiffe,
sehe Bäume aus Mark
wie wütende Kater gesträubt,
ich sehe Blut, Dolche und Damenstrümpfe
und Männerhaare,
ich sehe Betten, sehe Gänge, wo eine Jungfrau kreischt,
ich sehe wollene Bettdecken und Organe und Hotels.

Ich sehe die verschwiegenen Träume,
ich nehme die letzten Tage hin
und ebenso die Anlässe, und ebenso die Erinnerungen,
wie ein mit Gewalt gräßlich aufgerissenes Augenlid
sehe ich zu.

Und alsdann ist da dieser Laut:
ein rotes Knacken von Knochen,
aneinanderklebendes Fleisch,
und gelbe Schenkel, die sich wie Ähren vermengen.

Ich lausche unter dem Schuß der Küsse,
lausche, zwischen Atemstößen geschüttelt und Seufzern.

Ich schaue zu, ich höre zu,
die Seele halb im Meer, die Seele halb in der Erde,
und mit beiden Hälften der Seele blicke ich auf die Welt.

Und obwohl ich die Augen verschließe und mein Herz
ganz verdecke,
sehe ich ein dumpfes Wasser fallen,
in dumpfen Tropfen.

Es ist wie aus Gallertmasse ein Orkan,
wie ein Katarakt aus Sperma und Medusen.
Ich sehe einen trüben Regenbogen rinnen.
Ich sehe seine Wasser durch die Knochen filtern.

IV
Drei materiale Gesänge

Zugang zum Holz

Kaum mit meiner Vernunft, mit meinen Fingern,
mit langsam überschwemmten langsamen Wassern,
sink ich ins Reich der Vergißmeinnicht,
in eine beharrliche Sphäre der Trauer,
in einen vergessenen verfallnen Raum,
in ein Büschel Bitterklee.

Ich sinke ins Dunkel, mitten
unter zerstörte Dinge
und erblicke Spinnen, und hüte Wälder
aus geheimen unvollendeten Hölzern
und gehe einher zwischen feuchten Fasern,
dem lebendigen Dasein aus Substanz und Schweigen
entrissen.

Sanfte Materie, o Rose mit trocknen Schwingen,
in meinem Versinken steige ich zu deinen Blütenblättern auf
mit Füßen, schwer von roter Müdigkeit,
in deiner harten Kathedrale knie ich nieder
und stoße mir die Lippen an einem Engel.

Ich bins, der da vor deiner Weltfarbe steht,
vor deinen bleichen toten Schwertern,
vor deinen versammelten Herzen,
vor deiner schweigsamen Vielfalt.

Ich bin es, der da stirbt vor deiner Düfte Woge,
die eingehüllt in Herbst und Widerstreben:
ich bins, der eine Begräbnisfahrt beginnt,
zwischen deinen gelb vernarbten Wunden:

Ich bin es, der mit seinen Klagen ohne Anfang,
ohne Nahrung, schlaflos, allein,
in verdunkelte Gänge tretend,
zu deiner geheimnisvollen Substanz gelangt.

Ich sehe deine trocknen Strömungen sich regen,
ich sehe gehemmte Hände wachsen,
ich hör das Ächzen deiner ozeanischen
Gewächse, von Nacht geschüttelt und von Zorn,
und spüre Blätter ihrem Innern zu sterben,
grüne Stoffe sich einverleibend
deiner schutzlos verlaßnen Reglosigkeit.

Poren, Masern, Kreisläufe der Sanftheit,
Schwere, schweigsame Temperatur,
Pfeile, verhaftet deiner gefallenen Seele,
Wesen, schlummernd an deinem massigen Mund,
Staub süßen verzehrten Marks,
Asche voll erloschener Seelen,
kommt zu mir, in meinen maßlosen Traum,
fallt in meinen Alkoven, in den die Nacht fällt
und fällt unaufhörlich wie zersplittertes Wasser,
und bindet mich an euer Leben, an euren Tod,

an eure unterworfenen Stoffe,
an eure toten unbeteiligten Tauben,
und laßt uns Feuer entfachen, und Stille, und Klang,
und laßt uns brennen, und laßt uns schweigen, und Glocken.

Lobpreis des Sellerie

Vom reinen Zentrum, das nie Geräusche
durchdrangen, vom unversehrten Wachs
gehen Blitze aus, hell und linear,
Tauben mit Spiralenschicksal,
abendlichen Straßen mit Schatten-
und Fischgeruch entgegen.

Es sind des Sellerie Adern! Es sind der Schaum, das Lachen,
des Sellerie Hüte!
Es sind des Sellerie Zeichen, sein Leuchtkäfergeschmack, seine
Erdkarten
von überschwemmter Farbe,
und es fällt sein Haupt eines grünen Engels
und seine feinen Locken sind voll Angst,
und auf die Märkte des versehrten Morgens kommen
des Sellerie Füße unter Schluchzen,
es schließen sich, wenn er vorbeikommt, die Türen,
und die sanften Pferde sinken auf die Knie.

Seine abgeschnittenen Füße gehen weg, seine grünen Augen
verstreuen sich, in ihnen für immer sind
die Geheimnisse versunken und die Tropfen:
des Meeres Schächte, aus denen aufwärtssteigen
die Treppen, die der Sellerie berät,
die unglückseligen ertrunknen Schatten,
die Entschlüsse in des Luftraums Mitte,
die Küsse in der Tiefe der Steine.

Um Mitternacht pocht jemand
mit nassen Händen an meine Tür im Nebel
und ich höre des Sellerie Stimme, tiefe Stimme,
rauhe Stimme gefangenen Windes,
er klagt, von Wassern versehrt und Wurzeln,
und versenkt in mein Bett seine bitteren Strahlen,
und seine regellose Schere bohrt in meine Brust
auf der Suche nach dem Mund meines ertrunkenen Herzens.

Was willst du, Gast mit zerbrechlichem Schnürleib,
in meinen Zimmern voller Trauer?
Welch zerstörte Sphäre ist rings um dich?

Fibern aus Finsternis und weinendem Licht,
blinde Säume, krause Energien,
Strom von Leben und wesenhaften Fasern,
grüne Triebe aus geliebter Sonne,
hier bin ich, in der Nacht, Geheimnissen lauschend,
Schlaflosigkeiten, Einsamkeiten,
und ihr drängt mitten im gesunkenen Nebel herein,
bis ihr aufwachst in mir, bis ihr mich teilhaftig macht
des dunklen Lichts und der Rose dieser Erde.

Statut des Weins

Wenn auf Erdstriche, wenn auf Opfer
dunkelviolette Flecke wie Regen fallen,
öffnet der Wein die Tore voll Erstaunen,
und in die Zuflucht der Monate aufsteigt
sein Leib mit roten eingetauchten Schwingen.

Seine Füße berühren Mauern und Dachziegel
mit der Feuchte ertränkter Zungen,
und auf die Schneide des nackten Tags
fallen seine Bienen in Tropfen.

Ich weiß, daß beim Nahen des Winters
der Wein nicht laut schreiend flieht,
noch sich in finsteren Kirchen verbirgt
um Feuer zu holen in weggeworfenen Lumpen,
sondern daß er über die Jahreszeit hin,
über den Winter fliegt der nun da ist,
einen Dolch zwischen den harten Brauen.

Ich gewahre schweifende Träume,
ich erkenne von fern
und ich sehe vor mir hinter den Scheiben
Versammlungen elender Kleider.

Zu ihnen gelangt die Kugel des Weines nicht,
sein wirksamer Mohn, sein roter Strahl
sterben, erstickt in trostlosen Geweben,
und durch einsame Kanäle ergießt sich
durch nasse Gassen, in namenlose Flüsse
der bitterlich versunkene Wein,
der blinde und unterirdische und einsame Wein.

Ich stehe aufrecht auf seinem Schaum und seinen Wurzeln,
ich weine in sein Laub und auf seine Toten,
in Begleitung von Schneidern, die hinstürzten
mitten im ehrlosen Winter,
ich steige Treppen aus Nässe und Blut empor,
die Wände erwägend,
und in der Trübnis der Zeit, die da naht,
knie ich hin auf einen Stein und weine.

Und im Gewand vergänglicher Metalle
ich wandre ätzenden Stollen zu,
einsamen Kellern zu, Träumen zu,
grünpochenden Harzen der Erde zu,
gleichgültigen Eisenschmieden zu,
dem Geschmack nach Schlamm und Kehle zu,
unvergänglichen Faltern entgegen.

Da tauchen sie auf, die Männer des Weins,
mit maulbeerfarbenen Gürteln
und Hüten aus zerfaserten Bienen,
und sie tragen Gläser voll toter Augen herbei
und entsetzliche Schwerter aus Salzlake,
und sie begrüßen sich mit heiseren Hörnern
und singen Lieder von hochzeitlicher Absicht.

Mir gefällt der heisere Gesang der Männer des Weins
und das Geklirr nasser Münzen auf dem Tisch
und der Ruch nach Schuhen und Trauben
und nach grünem Erbrechen:
mir gefällt der blinde Gesang der Männer
und dieser Klang von Salz, der an die Wände
pocht der sterbenden Frühe.

Ich spreche von Dingen, die da sind, Gott bewahre mich,
Dinge zu erdichten, wenn ich singe!
Ich spreche von dem Speichel, der auf den Wänden rinnt,
ich spreche von weichen Strümpfen der Gassenhuren,
ich spreche vom Chor der Männer des Weins,
die auf den Sarg trommeln mit einem Vogelknochen.
Und ich bin mitten drin in diesem Gesang, mitten
im Winter, der durch die Gassen rollt,
ich bin inmitten der Zecher,
offenen Augs vergessenen Orten zugewandt,
oder in herzzerreißender Trauer gedenkend,
oder hinab gesunken in Aschen, schlafend.

Nächten gedenkend, Schiffen, Saaten,
gestorbener Freunde, Umständen,
bitterer Spitäler und halb gespreiteter Mädchen:
gedenkend eines Wogenschlags gegen einen bestimmten Fels
mit einem Schmuck aus Mehl und Schaum,
und des Lebens, das man in gewissen Ländern führt,
an gewissen einsamen Küsten,
eines Sternentons in Palmenwäldern,
eines Herzschlags hinter Fensterscheiben,

eines Zuges, der düster vorbeifährt mit verfluchten Rädern
und vieler trauriger Dinge solcher Art.

An die Nässe des Weins in den Morgenfrühen,
an die von den Wintertagen oft angenagten Wände,
die einstürzen werden, in den zweifellos verlassenen Bodegas,
an jenes Vermögen des Weins rühren Kämpfe
und abgenutzte Metalle und stumpfe Gebisse,
und es gibt ein Getümmel zerstörter Einwände,
es gibt ein wildes Wehklagen von Flaschen
und ein Verbrechen, das herabhängt wie eine Peitsche.

Der Wein bohrt seine schwarzen Dornen fest
und läßt seine grausigen Stacheln umherstreifen
zwischen Dolchen, in Mitternächten,
unter heiseren umhergetriebenen Kehlen,
unter Zigarren und zerrauftem Haar,
und wie Meereswoge schwillt seine Stimme an,
Tränen heulend und Leichenhände.

Und dann rinnt der verfolgte Wein dahin,
und an den Hufeisen zerreißen
seine haltbaren Schläuche, und stumm läuft der Wein hinweg,
und seine Fässer, in beschädigte Schiffe, in denen die Luft
Gesichter zerfrißt, Mannschaften in Schweigen,
und der Wein flieht über die Landstraßen hin,
durch die Kirchen, zwischen Kohlenhalden,
und es fallen seine amarantenen Federn aus,
und sein Mund maskiert sich mit Schwefel,
und er loht in begangenen Straßen, der Wein,
auf der Suche nach Brunnen, Schächten, Ameisen,
Mündern trauriger Toter,
durch sie ins Blau der Erde zu gelangen,
wo der Regen und die Abgeschiedenen sich vermengen.

V

Ode an Federico García Lorca

Könnte ich weinen vor Angst in einem einsamen Haus,
könnte ich meine Augen ausreißen und sie verschlingen,
ich täte es, um deiner Stimme eines trauernden
Orangenbaums willen
und um deiner Dichtung willen, die auftritt mit Schreien.

Weil man um deinetwillen die Hospitäler blau malt
und Schulen und maritime Vorstädte wachsen
und verwundete Engel sich mit Federn schmücken
und hochzeitlich Fische sich in Schuppen hüllen
und Seeigel himmelwärts fliegen:
die Schneiderläden mit ihren schwarzen Membranen
füllen sich um deinetwillen mit Löffeln und Blut
und schlucken zerbrochene Bänder und töten sich mit Küssen
und kleiden sich in Weiß.

Wenn du fliegst, gekleidet in Pfirsich,
wenn du lachst ein Lachen wie Reis im Sturm,
wenn zum Singen Arterien und Zähne,
Kehle und Finger du schüttelst,
könnt ich sterben für die Süße, die du bist,
könnt ich sterben bei den roten Seen,
wo du zur Mitte des Herbstes lebst
mit einem gestürzten Roß und einem blutigen Gott,
sterben könnte ich bei den Friedhöfen,
die wie äscherne Flüsse fließen
mit Wasser und Gräbern
nachts zwischen ertrunkenen Glocken:
Flüsse voll wie Schlafsäle
von kranken Soldaten, fließend
todwärts mit marmornen Nummern
und fauligen Kronen und Totenöl:
sterben könnt ich, um dich nachts zu sehen
im Anschaun der Drift überfluteter Kreuze,
stehend und weinend,
denn am Flusse des Todes weinst du

verlassen, verwundet,
weinst du weinend, mit Augen erfüllt von
Tränen, Tränen, Tränen.

Könnte ich nachts, verloren, allein,
mit einem schwarzen Schornstein
Schatten und Rauch und Vergessen
über Züge und Schiffe häufen
Asche beißend,
ich täte es für den Baum, an dem du wächst,
für die Nester goldener Wasser, die du sammelst,
und für den Wein, der sich um dein Gebein rankt,
dir sagt das Geheimnis der Nacht.

Städte mit dem Geruch feuchter Zwiebeln
warten deiner, daß du heiser singend vorbeiziehst,
und grüne Schwalben nisten in deinem Haar,
und lautlose Schiffe voll Sperma folgen dir,
und sonst gehen Schnecken und Wochen,
gerollte Masten und Kirschen
endgültig um, wenn dein fahles Haupt
auftaucht mit fünfzehn Augen
und dem Mund, von Blut überschwemmt.

Könnt ich die Rathäuser mit Ruß füllen
und schluchzend die Uhren herunterreißen,
ich täts, um zu sehn wie zu deinem Haus
kommt Sommer mit zerbrochenen Lippen,
kommen viele Leute in Sterbegewändern,
kommen Gegenden traurigen Glanzes,
kommen tote Pflüge und Mohn,
kommen Totengräber und Reiter,
kommen Planeten und Landkarten mit Blut,
kommen Taucher, bedeckt mit Asche,
kommen Masken, die Mädchen schleppen,
durchbohrt von langen Messern,
kommen Wurzeln, Adern, Hospitäler,
Brunnen, Ameisen,
kommt Nacht mit dem Bett, darauf

ein einsamer Husar zwischen Spinnen stirbt,
kommt eine Rose aus Haß und Nadeln,
kommt ein gelbliches Schiffe
kommt ein windiger Tag mit einem Kind,
komme ich mit Oliverio, Norah,
Vicente Aleixandre, Delia,
Maruca, Malva Marina, María Luísa und Larco,
La Rubia, Rafael Ugarte,
Cotapos, Rafael Alberti,
Carlos, Bebé, Manolo Altolaguirre,
Molinari,
Rosales, Concha Méndez
und anderen, die ich vergaß.
Laß mich dich krönen, Jüngling,
voller Gesundheit und Schmetterlinge. Jüngling, rein
wie der schwarze Strich eines Blitzes frei ohne Ende.
Und wenn wir miteinander reden
nun, da niemand mehr zwischen den Felsen zurückblieb,
laß unsere Worte einfach sein, wie du bist und ich bin:
Wofür sind Dichtungen gut, wenn nicht für den Tau?

Wofür sind Dichtungen gut, wenn nicht für die Nacht,
da uns ein bitterer Dolch trifft, für jenen Tag,
das Zwielicht, jene verfallene Ecke,
da das Herz des Menschen bang sich zum Tode bereitet?

Über allem nachts,
nachts gibt es viele Sterne,
alle in einem Strom,
wie ein Band an den Fenstern
der Häuser, voll von armen Leuten.

Jemand ist gestorben, vielleicht
haben sie ihre Stellung verloren in den Büros,
in den Hospitälern, in den Fahrstühlen,
in den Gruben,
Menschenwesen leiden brutal verletzt,
und böse Absicht und Weinen ist überall,
während die Sterne in unendlichem Strom hinfließen,

ist viel Weinen in den Fenstern,
die Schwellen sind abgenützt vom Weinen,
die Zimmer sind feucht vom Weinen,
das wellenhaft kommt die Teppiche zu zernagen.

Federico,
du siehst die Welt, die Straßen,
den Essig,
die Abschiede in den Bahnhöfen,
wenn der Rauch seine Räder der Entscheidung hebt
dahin, wo es nur
Steine gibt, Schienen, Trennungen.

So viele Leute stellen Fragen
überall.
Da ist der blutbespritzte Blinde, und der Zornige und
der Entmutigte,
und der Unglückliche, der benagelte Baum,
der Bandit mit Neid auf dem Rücken.

So ist das Leben, Federico –
das ist alles,
was die Freundschaft eines melancholischen männlichen
Mannes dir bieten kann.
Du hast schon vieles selber erfahren,
und anderes wirst du nach und nach begreifen, mit der Zeit.

Alberto Rojas Giménez naht im Fluge

Zwischen Fittichen, die schrecken, inmitten von Nächten
zwischen Magnolien, inmitten von Telegrammen,
zwischen polarem Süd und meerischem West,
nahst du im Fluge.

Unter den Gräbern hin, unter den Aschen,
unter den eisstarren Schnecken,
unter den letzten Wassern des Erdreichs
  nahst du im Fluge.

Tiefer noch, zwischen ertrunkenen Mädchen
und blinden Gewächsen, vernichteten Fischen,
tiefer noch, zwischen Wolken erneut
  nahst du im Fluge.

Jenseits des Bluts und der Knochen,
jenseits des Brotes, jenseits des Weins,
jenseits des Feuers
  nahst du im Fluge.

Jenseits von Essig und Tod,
inmitten von Fäulnis und Veilchen,
mit deiner göttlichen Stimme und deinen nassen Schuhn
  nahst du im Fluge.

Über Abordnungen hin und Apotheken
und Räder und Advokaten und Schiffe
und rote frisch gezogene Zähne
  nahst du im Fluge.

Über Städte mit eingefallenem Dachwerk,
wo stattliche Frauen aufflechten ihr Haar
mit breiten Händen und beschädigten Kämmen,
  nahst du im Fluge.

An Kellereien vorbei, wo in der Stille
der Wein reift mit lauen und trüben Händen,
mit langsamen Händen aus rotem Holz,
  nahst du im Fluge.

Unter verschollenen Fliegern,
längs der Kanäle und Schatten,
anseiten begrabner Lilien
  nahst du im Fluge.

Unter Flaschen von bitterer Farbe,
unter Anisringen hin und Unglück,
die Hände zum Himmel erhoben und klagend,
  nahst du im Fluge.

Über Dentisten und Versammlungen hin,
über Kinos und Tunnels und Ohren,
mit neuem Gewand und erloschenen Augen
  nahst du im Fluge.

Über deinen Friedhof ohne Gemäuer,
auf dem sich die Matrosen verirren,
während der Regen fällt deines Todes,
  nahst du im Fluge.

Während der Regen von deinen Fingern fällt,
während der Regen von deinen Knochen fällt,
während dein Knochenmark und dein Lachen fällt,
  nahst du im Fluge.

Über die Steine, in denen du hinschmilzt,
zeitabwärts eilend, winterhinab,
während dein Herz hinabfällt in Tropfen,
  nahst du im Fluge.

Dort, von Zement umgeben
und schwarzen Schreiberseelen und wütenden
Reiterknochen, dort bist du nicht:
  du nahst im Fluge.

O meerischer Mohn, du mir Verwandter,
o Gitarrenspieler, bienenbekleidet,
soviel Schatten in deinem Haar ist nicht wahr:
  du nahst im Fluge.

Soviel dich jagender Schatten ist nicht wahr,
so viele tote Schwalben sind nicht wahr,
soviel dunkles Land voll Jammer:
  du nahst im Fluge.

Der schwarze Wind von Valparaíso
spreitet die Schwingen aus Kohle und Schaum,
den Himmel zu fegen, wo du vorbeikommst:
du nahst im Fluge.

Dampfschiffe sind und Kälte von toter See
und Pfiffe und Monate und ein Geruch
nach Regenfrühe und schmutzigen Fischen:
du nahst im Fluge.

Rum gibt es, und du und ich und meine Seele, in der
ich weine,
und niemand und nichts, nur eine Treppe
mit zerborstenen Stufen, und einen Schirm:
du nahst im Fluge.

Dort ist das Meer. Nachts steig ich hinab und hör dich
kommen im Fluge unter dem Meer, mutterseelenallein
unter dem Meer, das in mir verfinstert haust:
du nahst im Fluge.

Ich hör deine Schwingen und deinen ruhigen Flug,
und das Wasser der Toten trifft mich
wie nasse, wie blinde Tauben:
du nahst im Fluge.

Du nahst im Fluge, verlassen, allein,
unter Toten allein, allein für immer
du nahst im Fluge, schatten- und namenlos,
ohne Mund, ohne Zucker, ohne Rosengesträuch,
du nahst im Fluge.

Der Ausgegrabene

Ehrung des Grafen von Villamediana

Wenn die Erde, voll von nassen Liden,
zu Asche wird und harter gesiebter Luft,
und die dürren Erdschollen und Gewässer,
die Brunnen, die Metalle
ihre verheerten Toten endlich wieder hergeben,
möchte ich ein Ohr, ein Auge,
ein verwundetes schwankendes Herz,
das Loch eines Dolches, vorzeiten in einen Leib
geschlagen, der seit langem vernichtet und allein,
möchte ich ein paar Hände, das Wissen von Nägeln,
einen Mund aus Schreck und sterbendem Mohn,
möchte ich sehen, wie aus nutzlosem Staub
ein heiserer Baum mit geschüttelten Adern sich aufrichtet,
ich möchte von der bittersten Erde,
zwischen Schwefel, Türkis und roten Wogen
und Wirbeln von stummer Kohle
möchte ich ein Fleisch, das Flammen heulend,
seine Knochen erweckt
und einen besonderen Geruchssinn, der etwas aufspürt,
und ein von Erde blindes Augenlicht,
das hinter einem dunklen Augenpaar hereilt,
und ein jähes Gehör wie eine wütende rasende
maßlose Auster,
die auffährt, dem Donner entgegen,
und ein reines Tastgefühl, zwischen Salzen verloren,
das hervorkommt und auf einmal Brüste berührt und Lilien.

O Tag der Toten! O Abstand, dem zugewandt
die tote Ähre liegt mit ihrem Duft nach Blitz,
o Stollen, die ein Nest hergeben
und einen Fisch und eine Wange und einen Degen,
alles zermahlen im chaotischen Durcheinander,
alles hoffnungslos zerfallen,
alles im unfruchtbaren Schlund ernährt
zwischen den Zähnen der harten Erde.

Und die Feder zu ihrem sanften Vogel
und der Mond zu seinem Gürtel und der Duft zu seiner
Gestalt,
und unter die Rosen zurückkehrt der Ausgegrabene
der Mann voll versteinerter Algen,
und zu ihren beiden Höhlen seine Augen.

Nackt liegt er da,
seine Kleider unauffindbar im Staub,
und seine zerborstene Rüstung ist an den Grund der Hölle
gerollt,
und sein Bart ist gewachsen wie herbstens die Luft,
und selbst sein Herz noch möchte in Äpfel beißen.

Von seinen Knien, seinen Schultern hängen
Anhängsel aus Vergessen, Fasern des Erdreichs herab,
Streifen von zersplittertem Glas und Aluminium,
Krusten von bitteren Leichen,
Beutel zu Eisen verwandelten Wassers:
und Gruppen schrecklicher Mäuler,
umhergestreut und blau,
und angstvolles Korallengezweig
bilden die Krone für sein grünes Haupt,
abgestorbene traurige Gewächse
und nächtliche Hölzer umgeben ihn,
und noch immer schlummern in ihm halboffene Tauben
mit Augen aus unterirdischem Zement.

Freundlicher Graf, im Nebel,
o neuerlich erwacht aus den Gruben,
o neuerlich trocken vom stromlosen Wasser,
o neuerlich ohne Spinnen!

Anbrechende Minuten knistern in deinen Füßen,
dein ermordetes Geschlecht richtet sich auf,
und du erhebst deine Hand, in der noch immer
des Meeresschaums Geheimnis lebt.

VI
Die Uhr, die im Meer versank

Hier ist so viel so düsteres Licht im Raum,
und so viele plötzlich gelbe Erstreckungen,
weil kein Wind hinabsinkt,
keine Blätter atmen.

Ein im Meer gefangener Sonntag ist das,
ein Tag wie ein gesunkenes Schiff,
ein Tropfen Zeit, angefallen von Schuppen,
die grausam mit durchscheinender Nässe bedeckt sind.

Hier sind Monate ernstlich angehäuft in einem
  Gewand,
das, mit geschlossenen Augen weinend, wir zu riechen
  begehren,
und Jahre sind in einem einzigen blinden Zeichen
des lagernden grünen Wassers:
hier ist die Zeit, die weder Finger einfingen noch das
  Licht,
viel kostbarer als ein zerbrochner Fächer,
viel stummer als ein ausgegrabener Fuß,
hier ist die Brautzeit der aufgelösten Tage
in einer traurigen Gruft, von Fischen durchschwommen.

Unermeßlich sinken die Blütenblätter hinab der Zeit
wie flüchtige Schirme, die dem Himmel gleichen,
fast ist es, ringsum anschwellend,
eine nie gesehene Glocke,
eine überflutete Rose, eine Meduse, ein langer
zerbrochener Herzschlag:
aber das ist es nicht, es ist etwas, das unmerklich betastet
  und sich verbraucht,
eine vage Spur ohne Klang, ohne Vögel,
ein Verhauchen von Düften und Rassen.

Die Uhr, die auf dem Land sich ins Moos gelegt,
und mit ihrer elektrischen Form an eine Hüfte gepocht,

nun geht sie, ausgeleiert und verletzt,
  unter dem furchtbaren Wasser,
das da wogt, von innersten Strömungen zuckend.

Der Herbst kehrt wieder

Ein trauerdüstrer Tag sinkt aus den Glocken
wie der zittrige Schleier einer unsteten Witwe,
es ist eine Farbe, ein Traum
von ins Erdreich versunkenen Kirschen,
ist ein Schwaden Rauch, der unablässig eintrifft,
das Wasser zu verfärben und die Küsse.

Ich weiß nicht, ob man mich versteht: wenn aus der Höhe
die Nacht sich nähert, der einsame Dichter
am Fenster das Streitroß des Herbstes einhersprengen hört
und die Blätter der zerstampften Angst in seinen Adern
  knistern,
ist etwas am Himmel wie eines massigen Büffels
Zunge, etwas in der Ungewißheit des Himmels und der Luft.

Es kehren die Dinge wieder an ihren Platz,
der unumgängliche Anwalt, die Hände, das Öl,
die Flaschen,
all die Anzeichen des Lebens: vor allem die Betten,
sie sind voll einer blutigen Flüssigkeit,
die Menschen vertrauen ihr Geheimstes schmutzigen
  Ohren an,
die Mörder kommen die Treppen herab,
doch das ist es nicht, sondern der alte Galopp,
das Roß des alten Herbstes, das zittert und durchhält.

Das Roß des alten Herbstes hat rotes Haar
und der Schaum der Furcht bedeckt seine Wangen,

die Luft, die ihm nachsetzt, hat Meeresgestalt
und riecht nach begrabenem flüchtigem Moder.

Täglich sinkt vom Himmel eine aschgraue Farbe nieder,
die die Tauben über die Erde verteilen müssen:
das Seil, das Tränen und Vergessen flechten,
die Zeit, die lange Jahre im Glockeninnern schlief,
alles,
die alten zerschlißnen Kleider, die Frauen, die den Schnee
  kommen sehn,
die schwarzen Mohnblüten, die niemand anschauen kann
  ohne zu sterben,
alles fällt auf die Hände, die ich emporhebe
mitten im Regen.

Es gibt kein Vergessen (Sonate)

Wenn ihr mich fragt, wo ich gewesen bin,
muß ich sagen, Es geschieht.
Muß ich vom Erdreich sprechen, das die Steine
verdunkeln,
vom Fluß, der in seinem Dauern sich zerstört:
ich kenne nur das, was die Vögel verlieren,
das zurückgelassene Meer oder meine weinende
  Schwester.
Warum so viele Länder, warum reiht
ein Tag sich an den andern? Warum ballt
sich eine schwarze Nacht im Mund? Und weshalb Tote?
Wenn ihr mich fragt, woher ich komme, so muß ich mit
  zerbrochnen Dingen mich bereden,
mit allzu peinlichem Werkzeug,
mit oftmals verwesten großen Tieren
und mit meinem bedrückten Herzen.

Nicht Erinnerungen sinds, die sich da kreuzten,
nicht die gelbliche Taube ists, die im Vergessen schläft,
sondern Gesichter voller Tränen,
Finger an der Kehle
und was aus den Blättern da zu Boden sinkt:
die Düsternis eines verstrichenen Tages,
eines mit unserem traurigen Blut ernährten Tages.

Hier gibt es Veilchen wohl und Schwalben,
all das, was uns gefällt und was mit langer Schleppe
auf den hübschen Postkarten erscheint,
auf denen die Zeit und die Lieblichkeit lustwandeln.

Aber laßt uns nicht hinter jene Zähne dringen,
laßt uns die Schalen nicht zerbeißen, die das Schweigen
häuft,
denn ich weiß nicht, was antworten:
es gibt so viele Tote
und soviel Molen, zerspalten von der roten Sonne,
und soviel Köpfe, die sich an Schiffen stoßen,
und soviel Hände, die Küsse eingesperrt,
und soviel Dinge, die ich vergessen will.

Josie Bliss

Blaue Farbe erloschener Fotografien,
blaue Farbe mit Blütenblättern und Spaziergängen
am Meer,
endgültiger Name, der in die Wochen fällt
stählernen Schlages, der sie tötet.

Welches Kleid, welcher Frühling streift vorüber,
welche Hand sucht unaufhörlich Brüste, Häupter?
Vergeblich sinkt der offenbare Rauch der Zeit,

die Jahreszeiten all vergeblich,
die Abschiede, wo niedergeht der Rauch,
die überstürzten Begebenheiten, die mit dem Degen warten:
auf einmal ist es
wie ein wirrer Überfall von Rothäuten,
der Horizont des Blutes schwankt, etwas ist da,
etwas erregt die Rosenstöcke, zweifellos.

Blaue Farbe von Augenlidern, die die Nacht gestreift hat,
Sterne aus verrottetem Kristall, Fetzen
Haut und schluchzende Schlinggewächse,
Farbe, die der Fluß, sich stoßend, in den Sand höhlt,
Blau, das bereitet hat die großen Tropfen.
Vielleicht lebe ich in einer Straße weiter, die die Luft
zum Weinen bringt
mit einer bestimmten unheilvollen Klage, so,
daß alle Frauen sich in fahles Blau einkleiden:
ich bin an diesem zugeteilten Tage da,
bin wie ein Stein da, auf den ein Büffel tritt,
wie ein zweifellos vergeßner Zeuge.

Schwingenblau eines Vogels aus Vergessen,
das Meer hat sein Gefieder ganz durchnäßt,
seine verdorbene Säure, seine Woge aus bleicher Schwere
bedrängt die Dinge, aufgeschichtet in Winkeln der Seele,
und an die Türen pocht der Rauch vergeblich.

Dort sind sie, dort sind
die durch den Staub geschleiften Küsse neben einem
trostlosen Schiff,
dort sind die verschwundenen Lächeln, die Kleider, die
das Morgengraun rufend, eine Hand ausschüttelt:
es scheint, daß des Todes Rachen kein Antlitz verschlingen
mag,
keine Finger, Worte, Augen:
dort sind sie wieder so wie große Fische, die den Himmel
mit ihrem blauen Stoff, den unbeständig unbesiegbaren,
vollenden.

Dritter Aufenthalt
(1935-1945)

I

Der Ertrunkene des Himmels

Gewebter Schmetterling, Gewand,
an die Bäume gehängt,
ertrunken im Himmel, hinab gerissen
zwischen Böen und Regen, allein, allein, gedrungen,
Kleidung und Haar in Fetzen
und von Luft zerfreßne Mitten.
  Unbeweglich, so widerstehst du
der heiseren Nadel des Winters,
dem Strom luftigen Wassers, das dich irre verfolgt. Himmels-
Schatten, Taubengezweig,
nachts zerbrochen zwischen den toten Blumen:
ich bleibe stehen und leide,
wenn, gleich einem langsamen kälteerfüllten Klang,
du deine vom Wasser gepeitschte Abendröte verbreitest.

Bündnis (Sonate)

Nicht das von Glas zerschnittne Herz
auf einer Brache voll Dornen
noch die gräßlichen Wasser, die man in den Winkeln
gewisser Häuser gewahrt, Wasser wie Lide und Augen,
vermöchten deine Taille zu zügeln in meinen Händen,
wenn mein Herz seine Steineichen aufrichtet
hin zu deinem unzerreißbaren Faden aus Schnee.

Zucker der Nacht, Seele
der Kronen,
  erlöstes
des Menschen Blut, deine Küsse
verbannen mich,
und ein Wogenschlag mit Überbleibseln des Meeres

schlägt an all das Schweigen, das auf dich wartet
und die abgenutzten Stühle umgibt, Türen abnutzt,
Nächte mit hellen Achsen,
Abschied, Stoffe nichts als
Stimme, nackt nur
Tag für Tag.

Auf deinen Brüsten aus reglosem Stromlauf,
auf deinen Schenkeln aus Härte und Wasser,
auf dem Verweilen und dem Stolz
deines bloßen Haars
möcht ich bleiben, Geliebte, da die Tränen schon
geschüttet sind in den heiseren Korb, wo sie sich häufen,
möcht ich bleiben, Geliebte, nur mit einer Silbe aus
zerstücktem Silber, nur mit einem Stück
deiner Brust von Schnee.

Nun ist es nicht mehr möglich, zuweilen
nur fallend zu gewinnen,
nun ist es nicht mehr möglich, unter zwei Wesen
zu erzittern, des Flusses Blume anzurühren:
Menschenfasern nahen als Nadeln,
Dienstwege, als Stümpfe,
Geschlechter abstoßender Koralle, Unwetter
und harte Schritte auf Teppichen
des Winters.

Zwischen Lippen und Lippen sind Städte
aus mächtiger Asche und nasser Sturmhaube,
Tropfen des Wann und Wie, undeutliches
Getriebe:
zwischen Lippen und Lippen wie an einer Küste
aus Sand und Glas streift der Wind.
Darum bist du ohne Ende, umfange mich, als wärest du
nichts als Festlichkeit, ganz nächtlich
wie ein Erdstrich, bis daß du dich mischst
mit den Linien der Zeit.
  Schreite voran in der Anmut,

komm an meine Seite, bis die fingrigen
Blätter der Geigen
verstummt sind, bis die Moose
im Donner verwurzeln, bis vom Pochen des Herzens
unter vier Augen sich die Wurzeln senken.

Walzer

Ich rühre an den Haß wie an tageigne Brust,
ich ohne anzuhalten, komme von Kleidung zu Kleidung
daher,
im Schlafe fern.

Ich bin nicht, diene nicht, ich kenne niemand,
ich habe nicht Waffen aus Meer, aus Holz
ich lebe nicht in diesem Haus.

Voll von Nacht ist und Wasser mein Mund.
Der lange dauernde Mond bestimmt,
was ich nicht habe.

Was ich habe, befindet sich mitten in den Wellen.
Ein Strahl Wasser, ein Tag für mich:
eisenharter Grund.

Es gibt keine Gegenflut, kein Schild, kein Kleid,
es gibt keine unerforschliche besondere Lösung,
noch ein lasterhaftes Augenlid.

Ich lebe auf einmal, und dann wieder währe ich weiter.
Ich berühre auf einmal ein Gesicht und es mordet mich.
Ich habe keine Zeit.

Sucht mich also nicht, indem ihr
den gewohnten wilden Faden zurückzieht oder das
blutige Schlinggewächs.

Ruft mich nicht: mein Leben ist dieses:
Fragt mich nicht nach meinem Namen, meinem
  Familienstand.
Laßt mich in der Mitte meines eigenen Mondes,
auf meinem verwundeten Erdreich.

Brüssel

Von allem, was ich geschaffen, von allem, was ich verlor,
von allem, was ich mit Bestürzung gewann,
an bitterem Eisen, an Blättern, kann ich etwas fortgeben.
Eine aufgestörte Begierde, einen Strom, den die Federn
der brennenden Adler bedecken, ein schwefliges
Schrumpfen von Blütenblättern.

Mir verzeiht schon nicht mehr das ganze Salz,
nicht das tägliche Brot, nicht die kleine vom Meeresregen
verschlungene Kirche noch die vom heimlichen Schaum
zernagte Kohle.

Ich habe gesucht und gefunden, mit Beschwer,
unter der Erde, zwischen den furchtbaren Leibern,
wie ein Zahn aus bleichem Holz
kommend und gehend unter der harten Säure,
neben den Stoffen
der Agonie, zwischen Mond und Messern,
zur Nachtzeit sterbend.

Jetzt, inmitten
der unterschätzten Geschwindigkeit, neben
den unterbrochenen Mauern,

im Grunde von den Schlüssen gefällt,
bin ich hier mit dem, was Gestirne verliert,
pflanzenhaft, verlassen.

Der Verlassene

Fragte nicht nach dir irgendein Tag, hervorgegangen
aus den Zähnen des Morgengrauns, aus dem Todes-
röcheln geboren,
suchte nicht deinen Panzer, deine Haut, deine Haltung,
um deine Füße zu waschen, dein Wohl, deine Gewandtheit,
ein Tag bezeichneter Trauben?

Kam nicht für dich allein Mann oder Frau,
für dich allein zur Welt, für dich die Glocke
mit ihrem großen Kreisen eines blauen Frühlings:
das Weithallende der Schreie der Welt, die Entwicklung
der kalten Keime, die in der Erde zittern, das Schweigen
des Schiffs in der Nacht, alles was voller Augenlide lebte,
zu sterben und zu verrinnen?
Ich frage dich:
keinen, dich, das, was du bist, deine Wand, den Wind,
ob im Wasser des Flusses du siehst, wie dir entgegentreibt
eine edelmütige Rose aus Gesang und Transparenz,
oder ob im zügellosen Frühling, angegriffen
vom ersten Beben der menschlichen Saiten,
wenn das Stadtviertel singt im Licht des Mondes,
das des wilden Kirschbaums Schatten überflutet,
du nicht die Gitarre sahst, die für dich bestimmt war,
und die blinde Hüfte, die dich küssen wollte?

Ich weiß nicht, ich leide nur, weil ich nicht weiß, wer du bist,
und die Silbe bewahrte durch deinen Mund,
die höchsten Tage anhalte und sie begrabe

im Wald unter den Blättern rauh und naß,
zuweilen, in Sicherheit unter dem Zyklon, geschüttelt
von den erschrockensten Bäumen, von der Brust
durchbohrt der tiefen Erden, bin ich erstarrt
von den letzten Nägeln des Sturmes,
während ich jenseits der menschlichen Augen,
jenseits der Krallen des Tigers umgrabe, was in meine Arme
  gerät,
daß es verteilt werde jenseits der eisigen Tage.

Dich suche ich, ich suche dein Bildnis zwischen den Medaillen,
die der graue Himmel formt und dann verläßt,
ich weiß nicht, wer du bist, doch schulde ich dir so viel,
daß die Erde voll meines bitteren Schatzes ist.
Welches Salz, welche Geographie, welcher Stein, pflanzt nicht
die heimliche Standarte dessen auf, was er hütete?
Welches Blatt beim Fallen war nicht für mich ein langes Buch
von Wörtern, von irgendwem gesandt und geliebt?
Unter welch düsterem Möbel verbarg ich nicht die süßesten
begrabenen Seufzer, die nach Zeichen suchten
und Silben, die keinem angehörten?

Du bist, bist vielleicht, der Mann oder die Frau
oder die Zärtlichkeit, die nichts enträtselte.
Oder vielleicht bedrängtest du nicht das düstere Firmament
der Menschenwesen, den zuckenden Stern, vielleicht
wußtest du beim Gehen nicht, daß der blinden Erde
der glühende Tag aus Schritten, die dich suchen, entströmt.
Aber wir werden uns finden unbewehrt, bedrängt
zwischen den stummen Gaben der Erdfinale.

In den Wäldern geboren

Wenn der Reis die Körner seines Mehls
zurücknimmt aus der Erde,
wenn der Weizen seine winzigen Hüften härtet
und sein Antlitz hebt mit tausend Händen,
zur Laubhütte, wo sich Weib und Mann umschlingen, eil ich
das zahllose Meer zu berühren
dessen, was fortbesteht.

Ich bin Bruder nicht des in die Flut
wie eine Wiege von angegriffenem Perlmutt getragenen
Geräts:
ich zittere nicht im Bereich des mit dem Tode ringenden
Abraums,
ich erwache nicht beim Schlag der Finsternis,
aufgeschreckt vom rauhen Klöppel der jähen Glocke,
ich vermag nicht zu sein, bin nicht der Vorübergehende,
unter dessen Sohlen die letzten Hausungen des Windes zucken
und hartnäckig die Wellen der Zeit zurückkehren, um zu
sterben.

Ich halte in meiner Hand die Taube, die, auf den Samen
geneigt
schlummert,
in ihrem festen Ferment aus Kalk und Blut
lebt der August,
lebt der aus seinem tiefen Gefäß gezogene Monat:
mit meiner Hand umspanne ich den neuen Schatten des
wachsenden Flügels:
die Wurzel und die Feder, die morgen die Dichte erschaffen
werden.

Nie sinkt, nicht auf dem Balkon, geformt aus eisernen Händen,
nicht im Meerwinter der Verlassenen noch bei meinem
zaudernden Schritt
das unermeßliche Wachsen des Tropfens noch das Augenlid,
das offen sein will:

denn, geboren zu werden bin ich geboren, einzuhegen
den Schritt
all dessen, was naht, all dessen, was pocht in meiner Brust
als ein neues bebendes Herz.

Leben, die als parallele Tauben neben meinem Anzug liegen
oder einbegriffen sind in mein eigenes Dasein und in meinen
verworrenen Laut,
um wieder zu sein, um dem Blatt die nackte Luft zu verbürgen
und der Erde die feuchte Geburt im Blumengewind:
wie lange noch
muß ich wiederkehren und sein, wie lange noch hütet
der Wohlgeruch
der am tiefsten begrabenen Blumen, der auf den hohen Steinen
am meisten versprühten Wogen ihre Heimat in mir,
um Leidenschaft wieder zu sein und Duft?

Wie lange noch nähert sich mir des Waldes Hand
im Regen mit allen ihren Nadeln,
die hohen Küsse zu wirken des Laubwerks?
Noch einmal
hör ich sich nähern wie das Feuer im Rauch
und aus irdischer Asche zur Welt kommen
das Licht, von Blütenblättern voll,
und, die Erde sondernd
in einen Strom von Ähren, in meinen Mund gelangt die
Sonne
wie eine alte begrabene Träne, die zurückkehrt,
Same zu sein.

II
Liebesrasereien und Qualen

…In meinem Herzen sind
Furien und Qualen…
Quevedo

In der Tiefe der Brust sind wir vereint,
im Röhricht der Brust durchmessen wir
einen Sommer von Tigern,
auf der Lauer nach einem Meter kühler Haut,
auf der Lauer nach einem Zweig unerreichbarer Epidermis,
Schweiß und grüne Adern witternd mit dem Munde,
begegnen wir im feuchten Dunkel uns, das Küsse
ausstreun läßt.

Du meine Feindin so vielen Traums, auf gleiche Art
vernichtet
wie stachlichte Gewächse aus Glas, wie bedrohlich
zerstörte Glocken, wie Schüsse
von schwarzem Efeu in des Duftes Mitte,
Feindin mit großen Hüften, die mein Haar berührten
mit heiserem Tau, mit einer Zunge von Wasser;
ungeachtet der stummen Kälte der Zähne und des Hasses
der Augen
und des Kampfs verendender Tiere, die das Vergessen
pflegen,
sind wir an irgendeiner Stelle des Sommers zusammen
mit Lippen belauernd, die der Durst befiel.

Wenn es einen gibt, der eine Wand
mit Phosphorkreisen durchbricht
und die Mitte von süßen Gliedern verwundet
und schreiend in jedes Blatt eines Waldes beißt,
so habe ich aber auch deine blutgierigen Leuchtkäferaugen,
imstand, Knie und Brüste, von gewöhnlicher Seide
umspannt, zu durchtränken und zu durchdringen.

Wenn bei Geselligkeiten auch
der Zufall, die Asche, der Alkohol,
die stockende Luft,
so sind hier doch nach Jagd riechend und grünem Blitz,
der Brüste durchbohrt, deine Augen da,
deine Zähne, die Äpfel aufbeißen, aus denen Blut rinnt,
deine Beine, die sich unter Stöhnen an die Sonne klammern,
und deine Brüste von Perlmutt und deine mohnenen Füße
gleich Trichtern voll schattensuchender Zähne,
gleich Rosen aus Peitsche gemacht und Duft, ja mehr,
mehr noch, noch mehr,
hinter den Liden sogar, hinter dem Himmel sogar,
hinter den Kleidern und Reisen sogar, in den Straßen,
wo die Leute pissen,
errätst du die Leiber,
in säuerlichen halbzerfallnen Kirchen, in Schiffskabinen,
die in des Meeres Fängen sind,
lauerst du mit deinen trotz allem blühenden Lippen,
brichst du raufend Holz und Silber,
und es schwellen deine großen erschreckenden Adern:
da ist weder Hülle noch Ferne noch Eisen,
Hände berühren deine Hände,
und du sinkst hin und läßt die schwarzen Blüten knistern.

Du errätst die Leiber!
Wie ein von Verboten versehrtes Insekt
errätst du des Blutes Mitte, und du bespähst
die Muskeln, die das Frührot aufhalten, stürzt dich auf
Erschütterungen,
Blitze, Köpfe,
und betastest lange Zeit die Beine, die den Weg dir weisen.

O Getriebene, von besonderen Pfeilen verwundet!

Riechst du die Feuchte inmitten der Nacht?

Oder ein rauhes Gefäß mit versengten Rosen?

Hörst du die Wäschestücke fallen, die Schlüssel, die Münzen
in den schmierigen Häusern, wo du ankommst, nackt?

Mein Haß ist eine einzige Hand, die den schweigsamen
Weg dir weist, die Laken, auf denen jemand aufschreckend
geschlafen hat: du kommst
und wälzt dich am Boden, gepackt
  und gebissen,
und der alte Geruch menschlichen Samens gleitet
wie ein Schlinggewächs aus aschgrauem Mehl in deinen Mund.

O leichte tolle Gefäße und Wimpern,
Luft, die einen sich öffnenden Fluß überschwemmt
wie eines zornigen Ufers Sonnentaube,
wie eine Eigenschaft aufrührerischen Wassers,
o Substanzen und Schmecken, Lider mit flinker Schwinge
mit einem Erzittern, mit einer blinden furchtbaren Blume,
o schwere ernste Brüste wie Gesichter,
o machtvolle Schenkel grünen Honigs voll,
und Fersen und Schatten von Füßen und vergangene
Atemstöße und Flächen von blassem Stein
und Wellen hart, die voll von himmlischem,
  durchtränktem Mehl
die Haut hinaufgleiten, hin zum Tod.
Fließt zwischen uns dann
dieser Strom, und du zerbeißt
an einem Ufer Münder?

Und bin ich dann wirklich wirklich fern,
und ein Strom brennenden Wassers fließt hin ins Dunkel?
Ach, wie oft bist du es, die der Haß nicht nennt,
und wie tief versunken in alle Finsternis
und unter was für Regen aus zerstampftem Dung
verschlingt dein Stand-Bild den Klee in meinem Herzen.
Der Haß ist ein Hammer, der dein Gewand schlägt
und deine Scharlachstirn,
und wie undeutliche Eulen aus ausgestoßnem Blut
fallen die Tage des Herzens in dein Ohr,

und die Geschmeide, die Tropfen um Tropfen sich aus
  Tränen formten,
umwinden deinen Hals, dir die Stimme wie mit Eis
  verbrennend.

Auf daß du nie mehr, nie mehr
sprächest, daß nie mehr, nie mehr
eine Schwalbe deiner Zunge Nest verließe,
und daß die Nesseln deine Brust zerstörten
und in dir wohnte eines rauhen Schiffes Wind.

Wo denn ziehst du dich aus?
In einem Eisenbahnzug zusammen mit einem rothaarigen
  Peruaner
oder zwischen Erdklumpen mit einem Schnitter im scharfen
  Licht des Korns?
Oder läufst du mit gewissen gräßlich blickenden Advokaten
umher völlig nackt am Ufer des Wassers der Nacht?

Du blickst: aber du siehst den Mond und die Hyazinthe
  nicht,
noch die Dunkelheit, beträuft von Nässe,
nicht den Zug von Schlamm, noch das geborstene Elfenbein:
du siehst Taillen dünn wie Oxygen,
Brüste, die Schwere in sich sammelnd warten,
und dem Saphir aus mondenem Gieren gleich
zuckst du vom zarten Nabel bis zu den Rosen hin.

Warum wohl? Und warum nicht? Es tragen die unverhüllten
Tage unaufhörlich zerriebenen roten Sand
zu den makellosen Propellern, die den Tag feierlich eröffnen,
und vorüberzieht im Schildkrötenpanzer ein Monat,
vorüberzieht ein hohler Tag,
vorüberzieht ein Rind, ein Verstorbener,
eine Frau namens Rosalía,
und im Mund bleibt nichts zurück als ein Geschmack
  von Haar
und von goldener Zunge, die vom Durst sich nährt.
Nichts als dieses mürbe Fleisch der Geschöpfe,
nichts als dieses Gefäß voll Wurzeln.

Ich jage aber wie in einem verschütteten Stollen, wie in andrem Extrem,
Fleisch und Küsse, die ich zu Unrecht vergessen soll,
und im Wasser mit den Rücken, wenn die Spiegel schon
den Abgrund beleben, wenn die Ermüdung, die schändlichen Uhren
an die Tür der Vorstadthotels pochen, und es fällt
die bunte Papierblume herab, und der von Ratten besudelte Plüsch
und das von elenden Paaren hundertmal benutzte Bett, wenn
alles mir sagt, ein Tag ist zu Ende, sind wir,
du und ich, die Leiber zu Boden werfend, zusammen gewesen,
ein Haus errichtend, das nicht dauert noch stirbt,
haben wir, du und ich, zusammen den gleichen Fluß geströmt
mit verketteten Mündern voller Salz und Blut,
haben wir, du und ich, noch einmal die grünen Lichter aufzittern lassen
und haben zum andern den großen Staub begehrt.

Ich entsinne nur einen einzigen Tag,
der mir wahrscheinlich niemals bestimmt war,
es war ein nie endender Tag,
ohne Ursprung, Donnerstag.
Ich war ein Mann, vom Zufall hergeführt,
mit einer so aufs Geratewohl aufgelesenen Frau,
wir zogen uns aus,
wie um zu schlafen oder zu schwimmen oder alt zu werden,
und wir drangen ineinander ein,
sie umschloß mich wie eine Höhlung,
ich zerbrach sie, wie einer,
der eine Glocke schlägt,
zwar war sie der Klang, der mich versehrte,
und die feste Wölbung, zu beben entschlossen.

Sie war ein dumpfes Wissen mit Höhlungen und Haar,
und Spitzen aus Mark und Süße kauend
bin ich zu den großen genitalen Blütenkronen geglitten,
zwischen Steinen und unterworfenem Geschehen.

Das ist eine Geschichte von Häfen, wohin
einer unvermutet gelangt und steigt er auf die Hügel,
geschieht so mancherlei.

Feindin, Feindin,
ist es an dem, daß die Liebe in Staub gesunken
und es nichts als rasch geliebtes Fleisch und Knochen gibt,
indes die Flamme sich verzehrt
und die Rosse, rotumhüllt, zur Hölle rasen?

Ich will für mich den Hafer und den Blitz
am Grund der Epidermis
und die verschlingende Blüte, aufgebrochen in Liebesraserei,
und des Kirschbaums Lippenherz im Juni
und die Ruhe gelassener Leiber, die ziellos entbrannt sind,
aber mir fehlt ein Boden aus Kalk mit Tränen
und ein Fenster, auf die Wogenschäume zu warten.

So ist das Leben,
lauf du durch das Laub, ein schwarzer
Herbst ist gekommen,
lauf, mit einem Rock aus Blättern bekleidet und einem
  Gürtel aus gelbem Metall,
während der Bodennebel der Jahreszeit an den Steinen nagt.

Lauf dahin mit deinen Schuhen, mit
deinen Strümpfen, mit dem verteilten Grau, mit des Fußes
  Wölbung und
diesen Händen, die der wilde Tabak vergöttern würde,
stampf über die Treppen, reiß ab
das schwarze Papier, das die Türen schützt
und tritt in die Sonne und den Zorn eines Tages aus
  Dolchen,
dich zu stürzen wie eine Taube aus Trauer und Schnee
  auf einen Leib.

Es ist eine einsame Stunde wie eine Ader lang,
und zwischen der Säure und der Geduld der zerfurchten Zeit
vergehen,
die Silben trennend der Angst und der Zärtlichkeit, wir,
unendlich Vernichtete.

III
Vereinigung unter neuen Bannern

Wer log? Der Lilie Fuß
gebrochen, dunkel, unergründlich,
ganz voll von Wunden und dunklem Glanz!
Alles, das Maß von Woge zu Woge und Woge,
das ungenaue Grab des Bernsteins
und die rauhen Tropfen der Ähre!
In sie lehnte ich meine Brust, ich lauschte all
dem finstern Salz, nachts
ging ich und schlug Wurzeln:
ich ergründete die Bitterkeit der Erde,
alles war für mich Nacht oder Blitz:

Geheimes Wachs füllte mein Haupt
und streute Asche in meine Spuren.
Und für wen suchte ich diesen kalten Puls,
wenn nicht für einen Tod?
Und welches Werkzeug verlor ich dort im vergeßnen
Dunkel, in dem niemand mich hört?
Nein,
es war nun Zeit, flieht,
Schatten des Blutes,
Sterneneis, weiche zurück beim Nahen menschlicher Schritte
und nimm den schwarzen Schatten von meinem Fuß!

Ich unter den Menschen hatte die gleiche verwundete Hand,
ich halte das gleiche rote Gefäß

und gleiches wildes Erstaunen:
  und eines Tages,
bebend von menschlichem
Traum, kam ein wildes
Roß in meine
verschlingende Nacht,
daß ich vereine meine Wolfsschritte
den Schritten des Menschen.
  Und so, neu vereinigt
stark in meine Mitte gestellt, such ich nicht Zuflucht
in den Gewölben des Weinens: ich weise
auf das Haus der Biene: leuchtendes Brot
für die Sonne des Menschen: im Geheimnis bereitet
  das Blau sich
zu erschauen ein Korn, dem das Blut endlich fremd ward.
Wo ist dein Sitz der Rose?
Worin ruht dein Sternenlid?
Vergaßest du jene Finger süßen Wahnsinns,
um an den Sand zu rühren?
  Friede mit dir, düstre Sonne,
Friede mit dir, blinde Stirn.
Es gibt einen flammenden Platz für dich auf den Straßen,
Steine gibt es ohne Geheimnis, die auf dich schauen,
Kerkerschweigen mit einem wahnsinnigen Stern,
flüchtig, entblößt, überliefert der Hölle.
Gemeinsam gegen das Schluchzen!
  In dieser hohen Stunde
von Erde und Duft sieh dies Antlitz,
eben schrecklichem Salz enttaucht,
sieh auf diesen bitteren Mund hin, der lächelt,
sieh dieses neue Herz, das dich grüßt
mit seiner überströmenden Blüte, entschlossen und golden.

IV
Spanien im Herzen
Hymne auf den Ruhm des Volkes im Krieg

Anrufung

Um zu beginnen, um über die Rose
rein und gespalten, über den Ursprung
von Himmel und Luft und Erde – hier den Willen
   eines Gesangs
mit Ausbrüchen, das Verlangen
eines unermeßlichen Gesangs, eines Metalls, das aufgreift
Krieg und nacktes Blut.
Spanien, Kelch-Kristall, nicht Diadem,
aber zermalmter Stein, bekämpfte Zärtlichkeit
von Weizen, Fell und brennendem Tier.

Morgen, jetzt, durch deine Schritte
ein Schweigen, von Hoffnungen ein Staunen
wie eine erste Luft: ein Licht, ein Mond,
abgenützter Mond, Mond von Hand zu Hand,
von Glocke zu Glocke!
   Heimatliche Mutter, Faust
gehärteten Hafers,
   Planet,
dürr und blutig, der Helden!

Bombardement

Wer?, auf Wegen, wer
wer, wer? in Schatten, in Blut, wer?
im Aufblitzen, wer,
                                        wer? Es stürzt
Asche, stürzt
Eisen herab
und Stein und Tod und Klage und Flammen,
wer, wer, o Mutter, wer, wohin?

Verfluchung

Zerfurchtes Vaterland, ich schwöre, daß aus deiner Asche
du erstehen wirst, eines immerwährenden Wassers
   Blüte,
ich schwöre, daß aus deinem Munde, ganz aus Durst,
   treiben werden
in die Luft die Blütenblätter des Brots, die feierlich
   eingesetzte
und ausgestreute Ähre. Verflucht seien,
verflucht, verflucht, die mit Beil und Schlange
da kamen an deinen irdischen Strand, verflucht, die
diesen Tag erwarteten, zu öffnen
der Wohnstatt Tor dem Marokkaner und dem Banditen:
Was habt ihr vollbracht? Bringet, bringt die Lampe,
seht den Boden blutgetränkt, seht das kleine schwarze
   Knöchlein,
von Flammen verzehrt, des erschossenen
Spaniens Gewand.

Spanien, arm
durch die Schuld der Reichen

Verflucht, die eines Tages
nicht hinsahn, verfluchte Blinde, verfluchte,
sie, die der hohen Heimat das Brot
nicht mehrten, sondern die Tränen, verfluchte
befleckte Uniformen und Soutanen
grämlicher stinkender Hunde von Höhle und Grab.
Die Armut war für Spanien
wie Rosse angefüllt mit Rauch,
wie Steine, gestürzt aus
des Unglücks Quell,
Getreideäcker un-
erschlossene; geheime Gewölbe
aus Bläue und Zinn, Ovarien, Pforten, Bögen
geschlossen, Tiefen,
die gebären wollten, alles war bewacht
von Guardia Civil mit Dreispitz und Gewehr,
von Priestern von trauriger Rattenfarbe,
Lakaien des Königs mit dem ungeheuren Arsch,
o strenges Spanien, Land der Apfelgärten und Pinien,
dir geboten deine müßigen Herren:
Nicht zu säen, aus Gruben nichts zur Welt zu bringen,
die Kühe nicht zu decken, das In-sich-selbst-Versenken
wie Gräber, alljährlich Columbus',
des Seefahrers, Monument zu besuchen, Reden zu wiehern
mit den Aasgeiern der Politik, aus Amerika gekommen
mit gleicher »gesellschaftlicher Position« und Verkommenheit.
Ihr habt keine Schulen zu errichten, habt die Erdrinde
nicht knirschen zu lassen unter dem Schälpflug, ihr habt
mit des Weizens Überfülle nicht die Scheuer zu füllen:
  betet, Tiere, betet,
denn euch erwartet mit ungeheurem Arsch wie des Königs
Arsch ein Gott: »Dort werdet ihr Brotsuppe essen, ihr meine
  Brüder! «

Die Tradition

In Spaniens Nächten, durch die alten Gärten
lustwandelte voll von totem Rotz die Tradition,
Eiter verströmend und Pest, mit einem Schweif
im Meerdunst, in Asthma gehüllt und löchrigen
blutbefleckten Gehrock, hochmütig und gespenstisch
und im Gesicht die abgründigen starren Augen
waren Gräber kauende grüne Schnecken,
ihr zahnloser Mund malmte Nacht für Nacht
die ungeborene Ähre, das geheime Erz,
und mit ihrer grünen Distelkrone ging sie vorüber,
unstete Leichenknochen säend und Dolche.

Madrid (1936)

Madrid, einsam und erhaben, Juli überraschte
dich in deiner Fröhlichkeit
einer bescheidenen Bienenwabe; hell war deine
Straße,
hell dein Traum.
   Schwarzes Rülpsen
von Generälen, eine Woge
wütender Soutanen
brach ihre Schlammfluten, ihre Flüsse Schleims
an deinen Knien.

Die Augen noch traumversehrt,
mit Flinte und Steinen Madrid, frisch verwundet,
wehrtest du dich. Du liefst
durch die Straßen,
hinter dir Kielwasser furchend deines heiligen Bluts,
vereinend mit Ozeanstimme und rufend

mit einem Antlitz, für immer verwandelt
vom Licht des Bluts, einem rächenden
Berge gleich, einem sausenden
Stern aus Messern.

Da in den finstren Kasernen, da in die Sakristeien
des Verrats dein Schwert flammte,
war nichts als Schweigen der Frühe, nichts
als deiner Fahnen Zug,
und ein rühmlicher Tropfen Blut in deinem Lächeln.

Erklärung einiger Dinge

Du wirst fragen: Und wo ist der Flieder?
Und die Metaphysik von Mohn zugedeckt?
Und der Regen, der oft die Trommel
seiner Worte schlägt und sie füllt
mit Leere und Vögeln?
Ich will dir jetzt alles sagen, was mir geschieht.

Ich pflegte in einem Viertel
von Madrid zu leben mit Glocken,
mit Uhren, mit Bäumen.

Von da konnte man
das trockene Antlitz Kastiliens sehen
wie einen Ozean aus Leder.
Man nannte mein Haus
das Haus der Blumen, denn überall
brachen Geranien hervor: es war
ein schönes Haus
mit Hunden und kleinen Kindern.
Raúl, entsinnst du dich?

Erinnerst du dich, Rafael?
Federico, erinnerst du dich
dort unter dem Rasen,
entsinnst du dich meines Hauses der Balkone, wo
das Junilicht Blumen in deinem Mund ertränkte?
Bruder, Bruder!

Alles
war laute Stimmen, Salz von Warenlagern,
Anhäufung herzschlagenden Brotes,
Märkte meines Argüelles-Viertels mit seiner Statue
wie ein fahles Tintenfaß zwischen Stockfischen:
das Öl erreichte die Löffel,
dunkles Getöse
von Füßen und Händen erfüllte die Straßen,
Maße Liter, scharfe Essenz
des Lebens,
gestapelter Fisch,
Geweb von Dächern mit kalter Sonne, in der
der Pfeil ermüdet,
wahnsinniges zartes Elfenbein von Kartoffeln,
Tomaten immer wieder bis hinab zur See.

Und eines Morgens brachen Flammen aus allem,
und eines Morgens stiegen lodernde Feuer
aus der Erde,
verschlangen Leben,
und seither Feuer,
Pulver seither,
und seither Blut.

Banditen mit Flugzeugen und Marokkanern,
Banditen mit Ringen und Herzoginnen,
Banditen mit segnenden schwarzen Mönchen
kamen vom Himmel, um Kinder zu töten,
und durch die Straßen das Blut der Kinder
floß einfach, wie das Blut von Kindern.

Schakale, widerwärtig für einen Schakal,
Steine, auf die die trockene Distel gespien hätte,
Vipern, die Vipern verachten würden!

Vor euch habe ich das Blut
Spaniens aufwallen gesehn,
euch zu ersäufen in einer einzigen Woge
von Stolz und Messern!

Generäle
Verräter:
seht mein totes Haus,
seht mein zerbrochenes Spanien:
doch aus jedem toten Haus schießt brennendes Metall
anstelle von Blumen,
aus jedem Loch in Spanien
springt Spanien empor,
aus jedem ermordeten Kind wächst ein Gewehr mit Augen,
aus jedem Verbrechen werden Kugeln geboren,
die eines Tages den Sitz
eines Herzens finden werden.

Ihr fragt warum seine Dichtung
uns nichts von der Erde erzählt, von den Blättern,
den großen Vulkanen seines Heimatlandes?

Kommt, seht das Blut in den Straßen,
kommt, seht
das Blut in den Straßen,
kommt, seht doch das Blut
in den Straßen!

Gesang für die Mütter toter Republikaner

Sie sind nicht tot! Sie stehen mitten
im Pulverdampf
aufrecht, wie brennende Lunten!
Ihre reinen Schatten haben sich vereint
auf den kupferfarbenen Wiesen
wie ein Vorhang gepanzerter Luft,
wie eine Sperre von der Farbe der Wut,
wie die ganz unsichtbare Brust des Himmels.

Mütter! Sie stehn in den Weizenfeldern,
hoch wie der mächtige Mittag,
sie beherrschen die riesige Ebene!
Sie sind Getön von dunkelstimmigen Glocken,
die über die Leiber aus gemordetem Stahl
Sieg rufen.
Schwestern gleich zerfallenem
Staub, gebrochene
Herzen,
vertraut euren Toten!
Sie sind nicht nur Wurzeln
unter den blutigen Steinen,
nicht nur bestellt ihr armes zerfallenes Gebein
das Land für immer,
sondern selbst ihre Münder beißen trocknes Pulver
und greifen an wie Ozeane aus Eisen, und selbst
ihre geballten Fäuste erhoben widersprechen dem Tod.

Denn aus so vielen Leibern unsichtbares Leben
erhebt sich. Mütter, Fahnen, Söhne!
Ein einziger Leib lebendig wie das Leben:
ein Antlitz mit gebrochnen Augen blickt ins Dunkel
mit einem Schwert erfüllt von irdischer Hoffnung!

Werft
eure Mäntel der Trauer fort, sammelt all

eure Tränen, bis sie Metall werden:
auf daß wir schlagen Tag und Nacht,
auf daß wir stoßen Tag und Nacht,
auf daß wir speien Tag und Nacht,
bis die Tore des Hasses eingerammt sind!

Ich habe euer Unglück nicht vergessen, ich kenne
eure Söhne,
und wenn ich stolz bin auf ihren Tod,
bin ich auch stolz auf ihr Leben.
Ihr Lachen
blitzte in den betäubenden Fabriken,
in Untergrundbahnstationen
tönte täglich ihr Fuß neben dem meinen, und unter
den Orangen des Ostens, bei den Fischernetzen des Südens, in
der Farbe der Druckereien, auf dem Zement der Gebäude
sah ich die Flamme ihrer Herzen aus Feuer und Kraft.

Und wie in euren Herzen, ihr Mütter,
ist in meinem Herzen so viel Trauer und Tod,
daß es wie ein Wald ist,
naß vom Blut, das ihr Lächeln auslöschte,
und in es fällt der tolle Nebel der Schlaflosigkeit
mit dem Alleinsein zerreißend der Tage.

Doch
über den Fluch der dürstenden Hyänen hin und tierisches
Röcheln,
das von Afrika her seine schmutzigen Schreie bellt,
über Zorn hin, Verachtung, über Tränen hin weit,
o ihr Mütter, durchbohrt von Entsetzen und Tod,
schaut ihm, dem wiedergeborenen, dem edlen Tag ins Herz
und wißt, daß eure Toten unter der Erde lächeln,
über die Weizenfelder ihre geballten Fäuste erheben.

Wie Spanien immer war

Spanien war immer starr und trocken, taghafte
Trommel undurchsichtigen Klangs,
Flachland und Adlernest, Schweigen
ausschweifenden Draußens.

Wie, bis zu Tränen, zum Innersten hin
liebe ich deinen harten Boden, dein armes Brot,
dein armes Volk, wie, bis zu tiefster Verborgenheit
meines Wesens, wächst die verlorene Blüte deiner
  runzligen
Dörfer, unbeweglich in Zeit,
und deine mineralischen Felder
gebreitet in Mond und Dauer
und verzehrt von einem leeren Gott.

Dein ganzer Bau, deine tierhafte
Vereinzelung mit Klugheit gepaart,
von den abstrakten Steinen des Schweigens umgeben,
dein herber Wein, dein süßer
Wein, deine betörenden
und zarten Reben.

Sonnenstein, rein in den Gebieten
der Welt, Spanien, durchwandert
von Blut und Metallen, blauer und sieghafter
Proletarier aus Blättern und Kugeln, einziger
lebend und schläfrig und tönend.

Huélamo, Carrascosa,
Alpedrete, Buitrago,
Palencia, Arganda, Galve,
Galapagar, Villalba.

Peñarrubia, Cedrillas,
Alcocer, Tamurejo,
Aguadulce, Pedrera,
Fuente Palmera, Colmenar, Sepúlveda.

Carcabuey, Fuencaliente,
Linares, Solana del Pino,
Carcelén, Alatox,
Mahora, Valdeganda.

Yeste, Riopar, Segorbe,
Orihuela, Montalbo,
Alcaraz, Caravaca,
Almendralejo, Castejón de Monegros.

Palma del Río, Peralta,
Granadella, Quintana
de la Serena, Atienza, Barahona,
Navalmoral, Oropesa.

Alborea, Monóvar,
Almansa, San Benito,
Moratalla, Montesa,
Torre Baja, Aldemuz.

Cevico Navero, Cevico de la Torre,
Albalate de las Nogueras,
Jabaloyas, Teruel,
Camporrobles, la Alberca.

Pozo Amargo, Candeleda,
Pedroñeras, Campillo de Altobuey,
Loranca de Tajuña, Puebla de la Mujer Muerta,
Torre la Cárcel, Játiva, Alcoy.

Puebla de Obando, Villar del Rey,
Beloraga, Brihuega,
Cetina, Villacañas, Palomas,
Naválcan, Henarejos, Albatana.

Torredonjimeno, Trasparga,
Agramón, Crevillente,
Poveda de la Sierra, Pedernoso,
Alcolea de Cinca, Matallanos.

Ventosa del Río, Alba de Tormes,
Horcajo Medianero, Piedrahita,
Minglanilla, Navamorcuende, Navalperal,
Navalcarnero, Navalmorales, Jorquera.

Argora, Torremocha, Argecilla,
Ojos Negros, Salvacañete, Utiel,
Laguna Seca, Cañamares, Salorino,
Aldea Quemada, Pesquera de Duero.

Fuenteovejuna, Alpedrete,
Torrejón, Benaguacil,
Valverde de Júcar, Vallanca.
Hiendelaencina, Robledo de Chavela.

Miñogalindo, Ossa de Montiel,
Méntrida, Valdepeñas, Titaguas,
Almodóvar, Gestaldar, Valdemoro,
Almoradiel, Orgaz.

Ankunft der
Internationalen Brigaden in Madrid

An einem Morgen eines kalten Monats,
eines sterbenden Monats, befleckt von Schmutz
   und Rauch,
eines Monats ohne Knie, eines traurigen Monats
   der Belagerung und des Unglücks,
als durch die feuchten Scheiben meines Hauses
   die afrikanischen Schakale sich hören ließen,
heulend mit ihren Gewehren und blutbesudeltem Gebiß
da,
als nur noch ein Traum von Pulver und Hoffnung uns blieb,
   als wir dachten,

daß die Welt erfüllt sei von fressenden Ungeheuern
 und Furien,
da, durch den Frost von Madrids kaltem Monat brechend,
 im Nebel der Dämmerung,
mit diesen Augen hier, mit diesem Herz, das Ausschau hält,
sah ich die hellen Kämpfer kommen, die Kämpfer-
 Beherrscher
der schlanken, harten, reifen, glühenden Brigade aus Stein.
Es war die traurige Zeit, da die Frauen
Abwesenheit trugen wie eine schrecklich glühende Kohle,
und der spanische Tod, bitter und schärfer als andere Tode,
über den Feldern webte bis dahin vom Brote geehrt.

Die Straßen entlang vermischte zerbrochenes Blut
 der Menschen sich
mit Wasser schießend aus dem zerschmetterten Herzen
 der Häuser;
Gebein zerfetzter Kinder, das herzerschütternde
Schweigen im Trauern der Mütter, die Augen
der Verteidigungslosen für immer geschlossen,
waren wie Trauer, Verlust, waren wie ein bespiener Garten,
waren Glaube und Blume ermordet für immer.

Kameraden,
da
sah ich euch,
und meine Augen sind heut noch von Stolz erfüllt,
weil ich euch sah durch den nebligen Morgen aufsteigen
 zur reinen Stirn Kastiliens hin,

schweigend und stark,
Glocken gleich vor der Dämmerung,
voller Feierlichkeit und mit blauen Augen von weit her
 kommend,
aus eurer Ferne, aus euern ganz verlorenen Ländern,
 aus euern Träumen,
voll von verbrannter Süße und Geschützen,

um die spanische Stadt zu beschirmen, in der die belagerte
Freiheit
fallen könnte und sterben von Bestien zerrissen.

Brüder, von nun an
sei eure Reinheit und Stärke, eure erhabne Geschichte
Kind und Mann bekannt, Frauen und Alten,
möge sie alle Hoffnungslosen erreichen, hinab die Schächte
von schwefligem Hauch verpestet,
aufwärts die unmenschlichen Stufen des Sklaven,
daß die Gestirne, daß alle Ähren Kastiliens und der Welt
euern Namen hinschreiben mögen und euern bitteren Kampf
und euern Sieg machtvoll und erdhaft gleich
einer roten Eiche.

Denn durch euer Opfer wurde wiedergeboren
der verlorene Glaube, die Seele abwesend, die irdische
Zuversicht,
und durch eure Fülle, durch euern Adel, durch eure Toten
wie durch ein Tal von Blutgestein widerstehend,
fließt ein unendlicher Strom mit Tauben aus Stahl
und Hoffnung.

Die Schlacht am Jarama

Zwischen Erde und ertränktem Platin
von Olivenhainen und toten Spaniern,
Jarama, reiner Dolch, hast du widerstanden
der Woge der Grausamen.

Von Madrid kamen Männer
mit Herzen von Pulver vergoldet
wie ein Brot aus Asche und Widerstand.
So sind sie gekommen.

Jarama, du lagst zwischen Eisen und Rauch
wie ein Zweig aus gefallenem Kristall,
wie eine lange Reihe von Orden
für die Sieger.

Weder Schächte glühender Masse
noch wütender Flug der Geschosse
noch Artillerien aus trübem Dunkel
beherrschten dein Wasser.

Deine Wasser tranken, die dürsteten
nach Blut, Wasser tranken sie, das Gesicht nach oben:
spanisches Wasser und Olivenfelder
erfüllten sie mit Vergessen.

Für eine Sekunde von Wasser und Zeit der Strom
des Blutes von Marokkanern und Verrätern
schimmerte in deinem Licht wie Fische
in einem bitteren Teich.

Das rohe Mehl deines Volkes
sträubte sich mit dem Metall und Gebeinen
ungeheuer und weizentragend wie das edle
Land, für das sie fochten.

Jarama, von deinen Gebieten zu reden
des Glanzes und der Herrschaft genügt
mein Mund nicht, und meine Hand ist schwach:
doch deine Toten bleiben.

Es bleibt dein schmerzlicher Himmel,
dein steinhafter Friede, dein Sternenstrom,
und die ewigen Augen deines Volkes
wachen an deinem Gestade.

Almería

Ein Gericht für den Bischof, ein zerdrücktes und
bittres Gericht,
ein Gericht aus Schrott, aus Asche, aus Tränen,
ein Gericht, gewürzt mit Seufzern und gestürzten Mauern,
ein Gericht für den Bischof eine Schüssel Blut aus Almería.

Ein Gericht für den Bankier, ein Gericht aus Wangen
der Kinder aus dem sonnigen Süden, ein Gericht
aus Detonationen, irren Gewässern, Ruinen und Furcht,
ein Gericht aus gebrochenen Achsen und zertrampelten
Köpfen,
ein schwarzes Gericht, eine Schüssel Blut aus Almería.

Jeden Morgen, jeden trüben Morgen eures Lebens
sollt ihr sie dampfend und brodelnd auf eurem Tisch haben:
ihr werdet sie ein wenig beiseite schieben mit euren weichen
Händen,
um sie nicht zu sehen, um sie nicht so oft auslöffeln
zu müssen:
ihr werdet sie ein wenig beiseite schieben zwischen Brot
und Trauben
diese Schüssel schweigenden Blutes,
die jeden Morgen dasein wird, jeden
Morgen.

Ein Gericht für den Oberst und für des Obersten Weib,
beim Fest in der Garnison, bei jedem Fest,
über den Fluchenden, Speienden, mit dem Weinlicht
der Morgenröte,
daß man es schauernd sehen möge und kalt über der Welt.
Ja, ein Gericht für euch alle, Reiche hier und dort,
Gesandte, Minister, gräßliche Tischgenossen,
Damen komfortabler Tees und Sessel:
ein wüstes überquellendes Gericht, schmutzig von armem
Blut,
an jedem Morgen, für jede Woche, für allezeit,
eine Schüssel Blut aus Almería, immerdar, vor euch.

Beleidigtes Land

Gelände, begraben
in endlosem Martyrium von unendlichem
Schweigen, Puls
der Biene und vertilgter Fels,
Land, das anstelle von Korn und Klee
Zeichen getrockneten Bluts vorweist und Verbrechen:
reiches Galicien, rein wie Regen,
salzig für ewig von Tränen:
Estremadura, an deren erhabnem Gestade
von Himmel und Aluminium, schwarz wie Kugellöcher,
verraten und wundenbedeckt und verwüstet
Badajoz liegt erinnerungslos unter seinen toten Söhnen,
mit dem Blick, der sich entsinnt, auf den Himmel:
Málaga, vom Tode durchpflügt
und verfolgt zwischen Abgründen hin,
bis die wahnsinnigen Mütter
ihre Neugeborenen an den Felsen zerschmetterten.
Wut, Flug von Trauer
und Tod und Zorn,
bis Tränen und Weh vereint,
bis Worte und Angst und Entsetzen
nur noch ein Haufen Gebeine sind auf einer Straße
und ein Stein im Staube begraben.

So viele Gräber, so viele Leiden, so viel
Hinrasen von Bestien auf dem Gestirn!
Nichts, nicht einmal der Sieg
wird die schreckliche Leere des Blutes füllen:
nichts, nicht das Meer noch die Schritte
des Sandes und der Zeit
noch die Geranie brennend
über dem Grab.

Sanjurjo
in der Hölle der Verdammten

Gefesselt, rauchschwelend, unlöslich verstrickt
seinem Verräterflugzeug, seinen Verrätereien,
verbrennt der verratne Verräter.

Seine Nieren wie Phosphor brennen,
und es schmilzt sein böser Mund
eines Verrätersoldaten hin in Flüchen und Schreien;

gelotst von ewigen Flammen,
von Flugmaschinen verbrannt und gelenkt
von Verrat zu Verrat er verbrennt.

Mola
in der Hölle der Verdammten

Von Abgrund zu ewigem Abgrund geschleift
der Maulesel Mola, trübe und wirr,
dem Schiffbruch gleich, den Wog auf Woge ergreift,
von Schwefel zerätzt, von Hörnern zerbrochen,
in Galle, in Kalk und Falschheit gesotten
den die Hölle im voraus erwartet hatte,
irrt der Maulesel Mola durch sie, ein Höllenmulatte,
trüb, mürb und verwirrt für allezeit,
lodernde Flammen am Schweif und am Steiß.

Der General Franco
in der Hölle der Verdammten

Unglückseliger, nicht Feuer noch heißer Essig
im Schlupfloch vulkanischer Hexen, weder
verschlingendes Eis
noch die verweste Schildkröte, die mit erloschener Weibs-
stimme keifend und heulend den Bauch dir kratzt,
einen Ehering suchend und ein geköpftes Kinderspielzeug,
werden dir nichts weiter bedeuten als ein dunkles
zertrümmertes Tor.

Tatsächlich.
Von Hölle zu Hölle, was gibt es? In deiner
Legionen Geheul, in der heiligen Milch
der Mütter Spaniens, in der Milch und den zertretenen
Brüsten
an den Wegen gibt es ein weiteres Dorf, ein weiteres
Schweigen, eine zerbrochene Tür.

Dort bist du. Finsteres Augenlid, Kot
unheilvoller Hühner der Totengruft, dicker Auswurf,
Namenszug
des Verrats, den das Blut nicht tilgt. Wer denn, wer bist du,
o elendes Blatt aus Salz, Hund der Erde,
o übelgeborne Schattenblässe.

Es weicht die Flamme aschenlos zurück,
der Salzdurst der Hölle, die Sphären
des Schmerzes erbleichen.

Verfluchter, möge nur das Menschliche
dich verfolgen, mögest du im absoluten Feuer der Dinge
dich nicht verzehren, mögest du auf den Stufen der Zeit
dich nicht verirren und das glühende Glas dich nicht
durchbohren
noch der reißende Meeresschaum.
Verlassen, allein, für all die

zusammengeronnenen Tränen, für eine Ewigkeit
hingemordeter Hände
und verwester Augen, allein in deinem
Höllenloch, stummen Eiter fressend und Blut
für eine verdammte und einsame Ewigkeit.
Du verdienst zu schlafen nicht,
wenn deine Augen auch mit Nadeln zugesteckt: du mußt
wachen, General, ewiglich wachen,
inmitten der Verwesung der jüngst Gebärenden,
kugelzerfetzt im Herbst. Alle, all die traurigen,
starren zerstückten
Kinder, die aufgehängt in deiner Hölle harren
auf diesen eisigen Festtag: deine Ankunft.
Kinder, schwarz von der Explosion,
rote Fetzen Gehirn, Korridore
voll von zartem Eingeweid, alle harren auf dich, alle in der
nämlichen Haltung,
die Straße zu queren, den Fußball zu stoßen,
eine Frucht zu schlürfen, zu lächeln oder geboren
zu werden.

Ach, lächeln! Lächeln sind da,
bereits zerstört vom Blut,
die mit ausgebrochnen verstreuten Zähnen warten,
und Masken aus verworrener Materie, Gesichter, ausgehöhlt
von unaufhörlichem Pulverdampf, und die namenlosen
Gespenster, die schattenhaft
versteckten, die nie ihr Trümmerbett
verließen. Sie alle erwarten dich, die Nacht zu überstehen.

Sie füllen,
verwesten Algen gleich, die Gänge.
Die Unseren sinds, sie waren unser
Fleisch, unser Heil, unser
Friede von Eisenwerken, unser Ozean
aus Luft und Lungen. Durch sie
das unfruchtbare Erdreich erblühte. Nun, jenseits aller Erde,
vernichtete

Substanz geworden, gemordete Materie, totes Mehl,
erwarten sie dich in deiner Hölle.

Da der durchdringende Schrecken aber und der Schmerz
sich verzehren,
erwarten dich weder Schrecken noch Schmerz.
Allein seist du und verdammt,
einsam und wach unter allen den Toten
und das Blut stürze in dich wie Regen
und ein mit dem Tode ringender Strom herausgerissener
Augen
blicke dich an, über dich gleitend und strömend ohn Ende.

Gesang auf einige Ruinen

Dieses hier, was geschaffen ward und gemeistert,
dies, was naß ward, benutzt und angeschaut,
liegt – ein armseliger Fetzen - zwischen Erdwellen
und schwarzem Schwefel.
Wie Knospe oder Brust
sich gen Himmel richten, wie die Blume, die aufwächst
aus dem zerstörten Gebein, also erschienen
die Formen der Welt. O Augenlide,
o Säulen, o Treppenfluchten.
O tiefe Materien
zusammengefügt und rein: wieviel, bis ihr Glocken wart!
wieviel, bis ihr Uhren wart! Aluminium
von blauen Proportionen, Zement,
verhaftet des Menschen Traum!
Staub sammelt sich,
Gummi, Schlamm, die Dinge wachsen
und es erheben sich die Wände gleich Rebengeländern
aus dunkler menschlicher Haut.
Da drinnen in Weiß, in Kupfer,

in Feuer, in Vergessenheit wuchsen die Papiere an,
das Klagen ungeheuer, die ärztlichen Verordnungen,
nachts zur Apotheke gebracht, während
jemand im Fieber lag,
die ausgezehrte grübelnde Schläfe, die Tür,
die der Mensch erbaut,
um sie nie mehr zu öffnen.
Alles ist dahin, stürzte zusammen,
rücksichtslos verdorben.
Beschädigtes Hausgerät,
Nachtgewänder, schmutziger Schaum, Harne, gerade
ausgegossen, Wangen, Glas, Wolle,
Kampfer, Rollen, Garn und Leder, alles,
alles durch ein Kreisen zurückgegeben dem Staub,
dem zerrütteten Schlaf der Metalle,
aller Duft, aller Zauber,
alles in Nichts vereint, alles zusammengestürzt,
um nie mehr zu erstehen.
Himmelsdurst, Tauben
mit Brüsten von Mehl: Epochen
Blütenstaubs und der Traube, seht, wie
das Holz bis es
Trauer geworden, zerfällt: da ist keine Wurzel
für den Menschen: alles ruhet kaum
auf einem Regenzittern aus.
Seht, wie die Gitarre
verdarb am Mund der duftenden Braut:
seht, wie die Worte, die so vieles erschufen,
nun Vernichtung bedeuten: seht auf den Kalk und im
zertrümmerten Marmor
die Spur – moosüberwachsen schon – des Schluchzens.

Sieg der Waffen des Volkes

Aber gleich dem Erinnern der Erd, gleich dem steinhaften
Glanz des Metalls und des Schweigens,
Volk, Heimat und Hafer, ist dein Sieg.

Trag voran deine Fahne, die durchlöchert
wie deine Brust, über die Narben
von Zeit und Erde.

Die Berufe an der Front

Wo sind die Bergleute, wo die Männer,
die die Seile machen, die das Sohlenleder
gerben, die meistern das Netz?
Wo sind sie?

Wo jene, die sangen in der Höhe
des Baues, spuckend und fluchend
auf den luftig schwebenden Zement?

Wo sind die eigenwilligen
nächtlichen Eisenbahner?
Wo die Genossenschaft für die Versorgung?

Mit einem Gewehr, mit einem Gewehr. Mitten im
dunklen Herzschlag der Ebene,
mit dem Blick auf die Trümmer.

Sie richten auf den grausamen Feind
wie auf Dornen die Kugeln,
wie auf Vipern, genau so.

Tag und Nacht, in der trostlosen Asche
des Morgengrauens, in der Standhaftigkeit
des glühenden Mittags.

Triumph

Erhaben ist des Volkes Triumph.
Unter seinem Schritt gewaltigen Sieges
die blinde Kartoffel und die himmlische
Traube erglänzen auf Erden.

Landschaft nach einer Schlacht

Verstümmelter Raum, Truppe, zu Boden gefetzt
ins Getreide, Hufeisen
zerbrochen, gefroren zwischen Rauhreif und Steinen,
   grimmer Mond.

Mond, verwundeter Stute, ausgeglüht,
eingehüllt in ausgedörrte Dornen, drohend, versunknes
Metall oder Gebein, Abwesenheit, schmerzliches Tuch,
   Dunst von Totengräbern.

Hinter dem ätzenden Schein von Nitraten,
von Substanz zu Substanz, von Wasser zu Wasser,
jäh wie entkörntes Getreide
   Verkohlte, Verweste.

Weichlich weiche ungewisse Kruste,
Asche schwarz, getrennt und verstreut,
jetzt hallende Kälte nur, grauenvolle
  Stofflichkeiten voll Regen.

Bewahret ihn, meine Knie, der mehr
eingesargt als dieses flüchtige Erdreich,
packt ihn, meine Lider, bis er kündet und versehrt,
bewahr ihn, mein Blut, diesen Geschmack von Schatten,
  auf daß es kein Vergessen gebe.

Anti-Tankisten

Alles Gezweig klassischen Perlmutts, Aureolen
von Meer und Himmel, Lorbeerwind
euch, ihr Helden
des Eichwaldes, Anti-Tankisten.
Ihr waret im nächtlichen Rachen
des Kriegs
die Engel des Feuers, die furchtbaren,
der Erde lautere Söhne.

So waret ihr, in die Felder
gesät, dunkel wie Saatkorn, hingestreckt,
wartend. Und angesichts des orkanhaften Eisens habt ihr
  in des Monstrums
Brust nicht nur ein fahles Stück Sprengstoff geschleudert,
sondern euer unendliches rauchendes Herz
vernichtende Geißel und wie das Pulver blau.

Ihr habt euch erhoben,
unübertrefflich Treue, gegen die Berge
der Grausamkeit, nackte Söhne
der Erde und des Ruhms.

Ihr hattet zuvor
außer der Olive nichts gesehen, nichts außer den Netzen
voll Schuppen und Silber: ihr hattet um euch
das Werkzeug geschart, das Holz das Eisen
der Ernten und Bauten:
unter euren Händen erblühte der schöne
Granatapfelbaum und die morgendliche
Zwiebel, und auf einmal
seid ihr hier, blitzgeladen,
den Ruhm anpackend, berstend
von zorngewaltigen Kräften,
von Angesicht zu Angesicht mit der Finsternis hart
und allein.

Euch erwählte die Freiheit in den Schächten
und verlangte für euer Pflugschar Frieden:
die Freiheit erhob sich weinend an den Wegen,
laut rief sie in die Flure
der Häuser hinein; hin über die Felder
flog ihre Stimme zwischen Orange und Wind
und rief die Männer mit reifem Herzen auf, und ihr
eiltet herbei
und hier seid ihr, erwählte
Söhne des Sieges, wie oft gefallen, wie oft
eure Hände getilgt, die verborgensten Knorpel zerspellt,
eure Münder
zum Schweigen gebracht, zermalmt euer Schweigen
bis zur Vernichtung:
doch sogleich inmitten des Wirbelsturms,
treten andre von euch auf den Kampfplan, euer
ganzes unergründliches, euer zündendes
Geschlecht von Herzen und Wurzeln.

Madrid (1937)

In dieser Stunde erinnere ich alles und alle
mit allen Fasern versunken in Bereiche,
die – Klang und Feder –
leise pochend da sind,
fern dieser Erde, aber auf Erden. Heute
beginnt ein neuer Winter.
                                        In dieser Stadt,
in der alles, was ich liebe, ist, gibt es nichts,
es gibt nicht Brot noch Licht: ein Eiskristall fällt
auf verdorrte Geranien. Nachts schwarze Träume,
aufgerissen von Geschossen wie blutende Rinder:
niemand im Morgendämmern des Schanzwerks,
nur ein zerbrochener Wagen: Moos nun, Schweigen
   der Zeit nun
anstelle von Tauben in den verbrannten Häusern,
den ausgebluteten, leeren, die Türen gen Himmel:
schon beginnt der Markt seine armseligen Smaragde
   auszubreiten
und Orangen und Fisch,
täglich hergebracht mitten durch das Blut,
bieten sich den Händen der Schwester und der Witwe.
Stadt der Trauer, gehöhlt, verwundet,
zerbrochen, geschlagen, durchsiebt, voll
von Blut und zersplitterten Scheiben, Stadt ohne Nacht, ganz
Nacht und Schweigen und Donnerrollen und Helden,
und nun ein neuer Winter, nackter noch, einsamer noch,
nun ohne Mehl, ohne Schritte, mit deinem
Soldatenmond.
   Allem und allen.
                              Ärmliche Sonne, unser vergossenes
Blut, schreckliches Herz,
geschüttelt und weinend. Tränen wie schwere Kugeln
sind auf deine dunkle Erde gefallen mit einem Rauschen
niedergehender Tauben, Hand, die den Tod
für immer bannt, Blut jedweden Tags
und jeder Nacht und jeder Woche und jeden

Monats. Ohne zu reden von euch, schlummernde wachende
Helden, ohne zu reden von euch, die ihr das Wasser
erbeben macht
und die Erde mit eurem hohen Willen,
hör ich in dieser Stunde in einer Straße die Zeit,
jemand spricht zu mir, der Winter
zieht wieder ein in die Hotels,
wo ich gelebt,
alles ist Stadt, was ich höre, und Ferne,
von Feuer umringt wie von Geifer
der Nattern, überfallen von einem
Höllenregen.
Schon über ein Jahr
berühren die Vermummten dein menschliches Ufer
und verenden beim Kontakt deines elektrischen Bluts:
Bälge von Marokkanern, Verräterbälge
sind zu deinen steinernen Füßen gerollt: Rauch noch Tod
haben deine brennenden Mauern bezwungen.
Nun denn,
was gibts? Ja, die Vernichtung wollen, sind es,
reißende Tiere sinds: dich, weiße Stadt, belauern
der Bischof mit trüber Stirn, die aus Menschenkot, die
feudalen Herrensöhne, der General, in dessen Hand
dreißig Silberlinge erklingen: sie bilden um deine Mauern
einen Gürtel herniederregnender Betschwestern,
eine Eskadron verkommener Gesandter,
ein elendes Rülpsen militärischer Hunde.

Ruhm dir, Ruhm in Wolke, in Strahl
in Wohlsein, in Schwertern,
blutendes Antlitz, des Rinnsal Blut
widerstrahlt von den tödlich getroffenen Steinen,
du Verschweben herber Süße
helle Wiege, wehrhaft gemacht unter Blitzen,
Baustoff für Zitadellen, Blutes Art
derer, die als Bienen geboren.
Heute bist du es, Juan, der lebt,
heute bist du es, der blickt, Pedro, ersinnt, schlummert
und ißt:

heut in der Nacht ohne Licht, auf der Wacht ohne Schlaf,
  ohne Ruh,
einsam auf dem Zement, auf zerrissener Erde,
von den trauernden Drähten aus, im Süden, im Zentrum,
  im Umkreis
ohne Himmel, ohne Geheimnis,
Männer gleich einem Geschmeid aus Stricken schirmen
die flammenumkreiste Stadt: Madrid,
vom Beschuß der Gestirne gehärtet, vom Wallen des Feuers;
Erde und Nachtwache im hohen Schweigen
des Siegs: wie eine zerfetzte
Rose geschüttelt: umkränzt
von unendlichem Lorbeer.

Sonnenode an das Heer des Volkes

Waffen des Volkes! Achtung! Bedrohung und
Belagerung
überfluten die Erde noch, mit Tod sie mengend,
die von Stacheln starr!
          Salud, Salud,
Salud rufen dir zu die Mütter der Welt,
die Schulen sagen dir Salud, die alten Zimmerleute,
Heer des Volkes, sie sagen dir Salud mit den Ähren,
der Milch, den Kartoffeln, der Zitrone, dem Lorbeer,
mit allem, was der Erd angehört und des Menschen
Mund.
  Alles, gleich einer Kette
von Händen, gleich einer
wogenden Hüfte, gleich einer Entschlossenheit von Blitzen,
alles rüstet sich für dich, alles neigt sich dir zu!
          Eiserner Tag,
gepanzerte Bläue!
          Vorwärts, Brüder,
vorwärts auf gepflügten Erden,

vorwärts in der rauhen und schlaflosen Nacht, der irren
geschundenen,
vorwärts zwischen Reben, der Felsen eisige Farbe betretend,
Salud, Salud, voran. Schneidender denn des Winters Stimme,
empfindlicher denn das Augenlid, unfehlbarer denn des
Donners Spitze,
genauer denn der reißende Diamant, von neuem kriegerisch,
Krieger, dem gestählten Wasser des Erdinnern gemäß,
der Blüte gemäß und dem Wein, dem spiralenen Herzen
der Erde gemäß,
den Wurzeln allen Laubes gemäß dem ganzen duftenden
Ertrag der Erde.
Salud, Soldaten, Salud, rote Brachen,
Salud, herber Klee, Salud, Dörfer, ankernd
im Leuchten des Blitzes, Salud, Salud, Salud,
vorwärts, vorwärts, vorwärts, vorwärts
über die Schächte hin, über die Totenäcker, die Stirn
bietend dem ungeheuren
Hunger des Todes, angesichts des unheimlichen
Terrors der Verräter,
du Volk, fähiges Volk, Herz und Gewehre,
Herz und Gewehre, vorwärts.
Fotografen, Häuer, Eisenbahner, Brüder
von Kohle und Stein, dem Hammer verschwistert,
dem Wald, Fest froher Schüsse, vorwärts,
Guerilleros, Majore, Sergeanten, Politkommissare,
Flieger des Volkes, nächtliche Kämpfer,
Kämpfer zu Wasser, voran: euch gegenüber
nichts denn eine tödliche Kette, voll verfaulter Fische
ein Erdloch: vorwärts!
dort sind einzig zum Sterben Verdammte,
Sümpfe schrecklichen blutigen Eiters,
das sind keine Feinde: vorwärts, Spanien,
vorwärts, Glocken des Volkes,
vorwärts, ihr Apfelgebreite,
vorwärts, Getreidestandarten,
vorwärts, Lettern des Feuers,
denn in die Schlacht, auf die Woge, ins Grasland,
ins Bergland, in die von bitterem Duft gesättigte Dämmerung

tragt ihr immerwährende Geburt, einen Faden
von schwieriger Härte.
Indes,
Wurzel und Blumengerank entsteigen dem Schweigen,
zu erwarten des Erzgestein Sieg:
jegliches Werkzeug, jegliches rote Rad,
jeder Sägengriff oder Glanz eines Pflugschars,
jeder Spatenstich, jedes Beben des Blutes
will, Heer des Volkes, folgen deinen Schritten:
dein geordnetes Licht erreicht die armen,
die vergessenen Menschen, dein bestimmter Stern
schlägt seine rauhen Strahlen in den Tod
und gründet die neuen Augen der Hoffnung.

V
Gesang für Stalingrad

Nachts schläft der Bauer, erwacht und senkt
seine Hand ins Dunkel und fragt die Dämmerung:
Dämmerung, Morgenrot, Licht des kommenden Tags,
sag mir, ob die reinsten Hände des Menschen
noch die Burg der Ehre verteidigen, sag mir, Dämmerung,
ob die Macht des Stahls an deiner Stirn bricht,
ob der Mensch, ob der Donner an seinem Platz ist,
sag mir, sagt der Bauer, ob die Erde nicht hört,
wie das Blut stürzt geröteter
Helden im Unendlichen irdischer Nacht,
sag mir, ob über dem Baum der Himmel noch dämmert,
sag mir, ob Pulver noch tönt in Stalingrad.

Und der Matrose auf schrecklicher See prüft,
die dunstigen Sternbilder suchend,
einen, den roten Stern der flammenden Stadt,
und findet in seinem Herzen den brennenden Stern,

den Stern des Stolzes, an den seine Hände rühren wollen,
den Stern des Weinens, den seine Augen erbauen.

Stadt, roter Stern, sagen See und Mensch,
Stadt, schließ deinen Glanz zu und deine festen Tore,
schließe Stadt, deinen gerühmten blutigen Lorbeer ein
und laß die Nacht erbeben vor dem dunklen Leuchten
deiner Augen hinter einem Planeten von Schwertern.

Und der Spanier entsinnt sich Madrids und sagt: Schwester,
widerstehe, Hauptstadt des Ruhms, widerstehe:
aus dem Boden sprudelt all das vergossene Blut
Spaniens, und für Spanien erhebt es sich wieder;
und der Spanier vor den Erschießungskommandos
fragt, ob Stalingrad lebt,
und eine Kette von dunklen Augen im Zuchthaus
bohrt deinen Namen in die Mauern,
und Spanien wird von deinem Blut und deinen Toten
  erschüttert,
weil du ihm, Stalingrad, deine Seele liehest,
als es Helden trug gleich den deinen.
Spanien kennt die Einsamkeit, Stalingrad,
so wie du heute die Einsamkeit kennst.
Spanien riß die Erde mit den Nägeln auf,
als Paris reizender war als je zuvor.
Spanien blutete seinen riesigen Blutbaum leer,
als London, wie Pedro Garfias uns sagt,
seine Wiesen fegte und Schwanenteiche.

Heute weißt du es selbst, mächtige Jungfrau.
Heute kennst du, Rußland, selbst Kälte und Einsamkeit.
Während Tausende von Granaten dein Herz zerfetzen,
da Skorpione mit Verbrechen und Gift
sich nahn, um in deinen Geweiden zu fressen, Stalingrad,
tanzt New York, denkt London nach, und ich sage dir:
  Schlag zu!
Denn mein Herz kanns nicht ertragen, und unsere
Herzen
können es nicht, können es nicht aushalten
in einer Welt, die ihre Helden allein sterben läßt.

Laßt ihr sie allein? Sie werden auch euch holen!
Laßt ihr sie allein?
Wollt ihr, daß Leben
ins Grab flieht und das Lächeln der Menschen
ausgelöscht sei von Latrinen und Leiden?
Warum antwortet ihr nicht?
Wollt ihr mehr Tote an der Ostfront,
bis sie euren Himmel ganz erfüllen?
Doch dann wird die Hölle nur noch für euch dasein.
Die Welt ist trivialer Heldentaten müde,
wenn die Generäle in Madagaskar
heroisch fünfundfünfzig Affen umbringen.

Die Welt ist der Herbstkonferenzen müde,
immer noch präsidiert von einem Regenschirm.

Stadt, Stalingrad, wir können nicht
deine Mauern erreichen, wir sind weit fort.
Wir sind die Mexikaner, wir sind die Araukaner,
wir sind die Patagonier, wir sind die Guaranís,
wir sind die Uruguayer, wir sind die Chilenen,
wir sind Millionen Menschen.

Glücklicherweise haben wir noch Verwandte in der Familie,
aber wir sind noch nicht dazu gekommen, dich zu
verteidigen, Mutter.
Stadt, Stadt des Feuers, widerstehe, bis eines Tages
wir kommen, schiffbrüchige Indianer, an deine Mauern
zu rühren
mit dem Kuß von Söhnen, die die Heimkehr erhofften.

Stalingrad, noch immer gibt es keine Zweite Front,
aber du wirst nicht fallen, wenn auch Eisen und Feuer
Tag und Nacht an dir nagen.

Selbst wenn du stirbst, wirst du nicht sterben!

Denn nun haben Menschen keinen Tod mehr,
sondern müssen weiterkämpfen, wo immer sie fallen,

bis der Sieg in deinen Händen ist,
seien sie auch müde, geehrt und tot,
denn andere rote Hände, wenn die deinen sinken,
werden die Gebeine deiner Helden hinsäen über die
  Welt,
daß deine Saat die Erd erfülle.

Neuer Liebesgesang an Stalingrad

Ich schrieb über die Zeit und über das Wasser,
ich beschrieb die Trauer und ihr maulbeerfarbenes Metall,
ich schrieb über den Himmel und über den Apfel,
  jetzt schreibe ich über Stalingrad.

Die Braut bewahrte mit ihrem Taschentuch einst
den Blitzstrahl auf meiner zärtlichen Liebe,
jetzt ist mein Herz auf der Erde,
  im Rauch und im Licht von Stalingrad.

Ich berührte mit meinen Händen das Hemd
der blauen und geschlagenen Dämmerung:
nun berühre ich das Morgendämmern des Lebens,
  das aufgeht mit der Sonne von Stalingrad.

Ich weiß daß der jungalte Schnellvergängliche
der Feder, wie ein Schwan eingebunden,
aufbinden wird seinen notorischen Schmerz
  über meinen Liebesschrei an Stalingrad.

Ich lege meine Seele hinein, in was ich will.
Ich nähre mich nicht von abgestumpftem Papier,
von Tinte gewürzt und Tintenfaß.
  Ich wurde geboren, um Stalingrad zu besingen.

Meine Stimme hielt inne mit deinen großen Toten,
zermalmt an deinen eigenen Mauern,
meine Stimme tönte wie Glocke und Wind,
  da ich dich sterben sah, Stalingrad.

Nun bringen amerikanische Kämpfer,
weiß und dunkel wie Granate,
in der Wüste die Schlange um.
  Nun bist du nicht mehr allein, Stalingrad.

Frankreich kehrt auf die alten Barrikaden zurück
mit der Flagge gehißter Wut
über den eben getrockneten Tränen.
  Nun bist du nicht mehr allein, Stalingrad.

Und Englands mächtige Löwen,
im Flug über das sturmzerwühlte Meer,
schlagen die Krallen in die braune Erde.
  Nun bist du nicht mehr allein, Stalingrad.

Heut, unter deinen Bergen aus Züchtigung,
deine Begrabenen sind nicht mehr allein:
es bebt das Fleisch der Toten,
  die deine Stirn berührten, Stalingrad.

Vernichtet werden die eingefallenen Hände,
zermalmt die Augen des Soldaten,
voller Blut sind die Stiefel,
  die deine Türen eintraten, Stalingrad.

Dein blauer Stahl errichteten Stolzes,
dein Haar mit gekrönten Planeten,
dein Bollwerk geteilter Brote,
  deine düstere Grenze, Stalingrad.

Dein Vaterland aus Hämmern und Lorbeer,
das Blut auf deinem schneeweißen Glanz,
Stalins Blick zum Schnee
  mit deinem Blut verwoben, Stalingrad.

Die Ehrenzeichen, die deine Toten der Erde
an die durchbohrte Brust der Erde
geheftet haben, und das Erschaudern
  des Todes und des Lebens, Stalingrad.

Das tiefe Salz das von neuem du trägst
zum Herzen des geängstigten Menschen
mit dem Gezweig roter, deinem Blut
  entsprossener Hauptleute, Stalingrad.

Die Hoffnung, die aufbricht in den Gärten
wie des erwarteten Baumes Blüte,
die von Gewehren geprägte Buchseite,
  die Lettern des Lichtes, Stalingrad.

Der Turm, den in der Höhe du entwirfst,
die Altäre aus blutbeflecktem Stein,
die Verteidiger deines reifen Alters,
  die Söhne deiner Haut, Stalingrad.

Die feurigen Adler deiner Steine,
die von deiner Seele gesäugten Metalle,
die Abschiede unzähliger Tränen
  und die Wellen Liebe, Stalingrad.

Die Gebeine tödlich verwundeter Mörder,
die geschlossenen Lider der Invasoren
und die Eroberer, geflüchtet
  hinter deinem Blitzstrahl, Stalingrad.

Sie, die den Bogen des Arc de Triomphe demütigten
und die Wasser der Seine durchbohrt haben
mit dem Einverständnis des Sklaven,
  sie blieben stecken in Stalingrad.

Sie, die Prag, die Schöne über den Tränen,
über dem Verstummten, dem Verratenen,
seine Wunden tretend, durchzogen,
  kamen um in Stalingrad.

Die in Griechenlands Grotte bespien
den Stalaktiten aus verstümmeltem Kristall
und sein klassisches gelichtetes Blau,
  wo nun sind sie, Stalingrad?

Die Spanien eingeäschert und zerbrochen,
hinter sich gefesselt ließen das Herz
dieser Mutter von Steineichen und Soldaten,
  zu deinen Füßen verfaulen sie, Stalingrad.

Die in Holland Tulpen und Wasser
mit blutigem Schlamm bespritzten
und Schwert und Peitsche verbreiteten,
  nun schlafen sie in Stalingrad.

Die in Norwegens weißer Nacht
mit dem Geheul eines angehetzten Schakals
diesen eisigen Frühling verbrannten,
  sie verstummten in Stalingrad.

Ehre dir, für das, was herbeiträgt die Luft,
was besingen man muß, und fürs Gesungene,
Ehre für deine Mütter und deine Söhne
  und deine Enkel, Stalingrad.

Ehre dem Kämpfer im Meeresdunst,
Ehre dem Kommissar, dem Soldaten,
Ehre dem Himmel hinter deinem Mond,
  Ehre der Sonne von Stalingrad.

Bewahre einen Fetzen unbändigen Schaumes mir,
bewahr mir ein Gewehr, bewahre mir einen Pflug,
daß man es lege auf mein Grab
mit einer roten Ähre deines Landes,
damit man wisse, wenn es noch einen Zweifel gibt,
daß in Liebe zu dir ich gestorben und du mich geliebt,
und wenn ich nicht kämpfte an deiner Hüfte,
ich belasse zu deiner Ehre diese dunkle Granate,
  diesen Liebesgesang an Stalingrad.

Tina Modotti ist tot

Tina Modotti, Schwester, du schläfst nicht, nein,
du schläfst nicht:
vielleicht hört dein Herz die gestrige Rose
wachsen, die letzte gestrige Rose, die neue Rose.
  Ruhe sanft, Schwester.

Die neue Rose gehört dir, die neue Erde gehört dir:
du hast dir ein neues Kleid angelegt aus tiefem Samen
und dein sanftes Schweigen füllt sich mit Wurzeln.
  Du wirst nicht vergebens schlafen, Schwester.

Rein ist dein süßer Name, rein ist dein zerbrechliches Leben.
Aus Biene, Schatten, Feuer, Schnee, Stille, Meeresschaum,
aus Stahl, Linie, Pollen erbaute sich deine eisenharte,
  deine schlanke Struktur.

Der Schakal am Kleinod deines schlummernden Leibes
zeigt die Feder noch immer und die blutgetränkte Seele,
als könntest du, Schwester, dich erheben,
  lächelnd über den Schlamm.

Ich führe dich in mein Land, auf daß sie dich nicht antasten,
in mein Land des Schnees, auf daß an deine Reinheit
nicht der Mörder gelange, noch der Schakal, noch der
  Gedungene:
  dort wirst du Frieden haben.

Vernimmst du einen Schritt, einen Schritt voller Schritte,
  etwas
Großes her von der Steppe, vom Don, von der Kälte her?
Vernimmst du einen festen Soldatenschritt im Schnee?
  Schwester, deine Schritte sind es.

Sie werden eines Tages an deinem kleinen Grab vorüberziehn,
bevor die gestrigen Rosen sich entblättern,

werden endlich die von morgen vorüberziehn, zu sehen,
wo dein Schweigen brennt.

Eine Welt marschiert zum Ort, Schwester, wo du gingst.
Täglich fliegen voran die Lieder deines Mundes
im Mund des rühmlichen Volkes, das du geliebt.
Dein Herz war tapfer.

In deines Landes alten Küchen, auf den staubigen
Wegen, etwas spricht und geht vorüber,
etwas kehrt zur Flamme deines goldhellen Volkes zurück,
etwas erwacht und singt.

Die Deinen sinds, Schwester, die heut deinen Namen nennen,
sie, die von überall, vom Wasser und vom Lande,
mit deinem Namen schweigen und nennen wir andere Namen.
Denn die Flamme stirbt nicht.

7. November

Ode auf einen Tag des Sieges

Dieser zweifache Jahrestag, dieser Tag, diese Nacht,
werden sie eine hohle Welt vorfinden, werden sie ein
stumpfes Loch verzweifelter Herzen antreffen?
Nein, mehr als ein Tag mit Stunden,
es ist ein Zug von Spiegeln und Schwertern,
ist eine zweifache Blüte, die da schlägt an die Nacht,
bis sie das Morgengraun von seinem nächtlichen Rebstock
gerissen!

Tag Spaniens, der aus dem Süden du
nahst, mutiger Tag
mit eisernem Gefieder,

du kommst dorther, vom Letzten, der mit zerspellter Stirne fällt,
deine Feuerziffer noch immer im Munde!

Und dorthin gehst du mit unserer
unversunknen Erinnerung:
du warst der Tag, du bist
der Kampf, du trägst
die unsichtbare Säule, die Schwinge,
wo geboren werden wird, mit deiner Zahl der Flug!

Siebenter, November, wo lebst du?
Wo glühen die Blütenblätter, wo sagt
dein Brausen zum Bruder: steig empor! und zum Gefallenen: erhebe dich!

Wo wächst aus dem Blut dein Lorbeer auf
und durchdringt das arme Fleisch des Menschen und wächst auf,
den Helden zu erbauen?

In dir, Union, von neuem,
in dir, von neuem, Schwester der Völker der Welt,
reines sowjetisches Vaterland, wende deinen Samen zu dir zurück,
groß wie auf die Erde verstreutes Laubwerk!

Für dich ist kein Klagen, Volk, bei deinem Kampf!
Alles muß von Eisen sein, muß vorwärtsschreiten und verwunden,
alles, sogar das untastbare Schweigen, sogar der Zweifel,
sogar der Zweifel selbst, der mit Winterhänden
unser Herz sucht, es zu erstarren, es zu versenken,
alles, selbst die Freude, alles sei aus Eisen,
um dir beizustehen, Schwester und Mutter, beim Sieg!

Der heute dich verleugnet, er soll ausgespien sein!
Der Elende soll seine Strafe haben heut in der Stunde

der Stunden, beim gesamten Blut,
zurückkehren mag der Feigling
in die Finsternis und zum Mutigen sich der Lorbeer wenden,
zum mutigen Weg, zum mutigen Schiff
aus Schnee und Blut, das die Welt verteidigt!

Ich grüße dich, Sowjetunion, an diesem Tag,
mit Bescheidenheit, ich bin Schriftsteller und Poet.
Mein Vater war Eisenbahner: wir waren immer arme Leute.
Ich war gestern, fern, in meinem kleinen Land
der großen Regen, mit dir. Dort wuchs dein glühender Name,
in der Brust des Volkes brennend,
bis er den hohen Himmel meiner Republik berührte!

Heute denke ich an sie, alle sind bei dir!
Von Werkstatt zu Werkstatt, von Haus zu Haus,
fliegt wie ein roter Vogel dein Name!

Gepriesen seien deine Helden, und jeder Tropfen
deines Bluts, gepriesen
die hochschäumende See von Brüsten,
die deine reine und stolze Wohnstatt verteidigen!
Gepriesen das heldenhafte und bittere
Brot, das dich nährt, während die Tore der Zeit sich auftun,
daß dein Heer des Volkes und des Eisens singend marschiere
zwischen Asche und Ödland, über die Mörder hinweg,
zu pflanzen eine Rose, groß wie der Mond,
in die zarte und heilige Erde des Sieges!

Gesang für Bolívar

Vater unser, der du bist in Erden, im Wasser,
in der Luft
all unserer weiten schweigenden Breite,
alles trägt deinen Namen, Vater in unserm Gebiet:
deinen Namen bringt das Zuckerrohr zur Süße
Bolívarzinn strahlt wie Bolívar,
Bolívarvogel über Bolívarvulkan,
Kartoffel, Salpeter, besondere Schatten,
Strömungen, Adern phosphorischen Gesteins,
alles, was unser, entstammt deinem erloschenen Leben:
Ströme, Ebenen, Glockentürme waren dein Nachlaß,
unser Erbe ist unser täglich Brot, Vater.

Dein kleiner tapferer Hauptmannsleib
hat ins Unendliche hin seine metallische Form gebreitet:
plötzlich kommen deine Finger aus dem Schnee hervor,
und der südliche Fischer bringt jäh ans Licht
dein Lächeln, deine Stimme pochend in den Netzen.

Welche Farbe soll die Rose haben, die wir nahe deiner Seele
pflanzen wollen?
Rot soll die Rose sein, die an deinem Schritt gemahnt.
Wie sollen die Hände sein, die an deine Asche rühren?
Rot sollen die Hände sein, in deiner Asche geboren.
Und wie die Saat deines toten Herzens?
Rot die Saat deines lebendigen Herzens.

Und so umgibt dicht heute ein Kreis von Händen.
Neben meiner Hand ist eine andere, und eine andere
daneben,
und immer mehr andere, hinunter in die Tiefen des
dunklen Kontinents.
Und eine andere dir unbekannte Hand
streckt sich aus, Bolívar, der deinen entgegen.
Von Teruel, aus Madrid, vom Jarama, vom Ebro,
aus den Zuchthäusern, aus der Luft, aus dem Tod Spaniens
kommt diese rote Hand, die ein Kind ist der deinen.

Hauptmann, Kämpfer, wo immer eine Stimme
Freiheit ruft, wo immer ein Ohr lauscht,
wo immer ein roter Soldat eine braune Stirn zerschmettert,
wo immer Lorbeer der Freien grünt, wo immer ein neues
Banner sich mit dem Blut unsrer ruhmreichen Dämmerung
schmückt,
Bolívar, Hauptmann – dort kann man ein Antlitz erraten,
in Pulver und Rauch wird dein Schwert wiedergeboren,
wieder ist dein Banner mit Blut bestickt.
Schurken fallen über deine Saat her von neuem:
An ein anderes Kreuz wird der Sohn des Menschen
geschlagen.

Doch hin zur Hoffnung führt dein Schatten uns:
Der Lorbeer und das Licht deines roten Heeres
sieht durch die Nacht Amerikas mit deinem Blick.
Deine Augen, die wachsam sind über den Meeren,
über den unterdrückten und verletzten Nationen,
über den dunklen Städten in Flammen,
deine Stimme, deine Hand sind wiedergeboren:
Dein Heer verteidigt die heiligen Banner:
Und das schreckliche Geräusch des Schmerzes zieht voran
der Dämmerung vom Blut des Menschen gerötet.

Befreier, eine Welt des Friedens ward in deinen Waffen
geboren,
Frieden, Brot, Korn sprossen aus deinem Blut:
Aus unserem jungen Blut, stammend aus deinem Blut,
wird Frieden, Brot, Korn kommen für die Welt, die wir
bauen werden.

Ich traf Bolívar eines langen Morgens
in Madrid im Stab des Fünften Regiments.
Vater«, sprach ich zu ihm, »bist dus oder bist dus nicht
oder wer bist du überhaupt?«
Und hinüberschauend nach Cuartel de la Montaña sagte er:
»Ich erwache alle hundert Jahre, wenn das Volk erwacht.«

Gesang auf Deutschlands Ströme

Auf dem Rhein in der Nacht, das Wasser führt einen
Mund mit
und der Mund eine Stimme und die Stimme eine
Träne
und eine Träne rinnt den ganzen goldnen Rhein hinab,
wo die Süße der Loreley nicht mehr lebt,
eine Träne durchtränkt die aschfarbenen Reben,
auf daß auch der Wein Geschmack von Tränen habe.
Auf dem Rhein in der Nacht, das Wasser führt eine Träne,
eine Stimme mit, einen Mund, der mit Salz ihn anfüllt.

Der ganze Frühling hat sich mit Weinen durchtränkt
denn der Strom überzieht ihn mit salzigen Wurzeln,
und die Tränen klimmen langsam den Baum empor,
bis sie oben glänzen wie Blüten aus Eis:
vorbei geht die Mutter und gewahrt ihre Träne oben,
vorbei geht der Mann, und erblüht ist sein langes Schweigen:
und von seinem Martyrium her der Gefangene bemerkt
was ihm der Frühling sagt aus den Lüften.

Die Elbe hat deine ganze kalte Erde durchflossen:
etwas möchte ihre vereiste Zunge dir sagen,
sie schweigt unter des Stadtrands Brücken
und spricht, allein, in den Feldern, ohne ihre Botschaft
zu nennen,
umherirrend, wankend wie ein verlorenes Kind.

Die Oder aber hat weder Transparenz noch Gesang,
die Oder führt Blut mit, das weder singt noch glänzt
heimliches Blut tragen ihre Fluten gen Norden,
und der Ozean erwartet tagtäglich ihr Blut:
der alte Strom zittert wie eine junge Arterie,
ergreift aus dem Martyrium sein Zeugnis und eilt,
daß unser Blut sich nicht in der Erde verliere.

Schon führen die Ströme kein Blütenblatt der Kälte mehr mit,
aber die blutige Rose der Henker
und den herrlichen Samen des Baumes von morgen:
seltsamer Baum, Kreuzung von Peitsche und Lorbeer.
Unter der Erde anwächst das Wasser der Rache,
und es legt die Früchte seiner Geburt der Sieg
auf die alten blauen Adern der Erde,
daß so am blutigen Wasser sich wasche
des Menschen Herz, wenn es wieder hervorkommt.

Freies Deutschland, wer sagt
daß du nicht kämpfst? Deine Toten sprechen unter der Erde.
Deutschland, wer sagt, daß du nichts bist als Zorn
des Mörders? Und mit wem hat begonnen der Mörder?
Banden sie nicht eines Tags deine reinen Hände von Stein,
sie zu verbrennen? Zündete nicht der Henker
die erste Feuersbrunst an
auf deiner reinen Stirn aus Musik und Kühle?
Zerfetzten sie nicht das innerste Blütenblatt Europas,
voller Blut es reißend aus deinem roten Herzen?
Wer ist der Kämpfer, der sich erdreistet,
anzutasten die Geschlechterfolge deiner Schmerzen?

Brigaden
deutscher Brüder:
ihr durchdrangt das ganze Schweigen der Welt,
um eure breite Brust neben die unsere zu stellen,
eure Kerker waren wie nächtens ein Strom,
der Spanien eure heimlichen Stimmen trug entgegen,
denn dieses war das würdige Vaterland, das wir verteidigten
vor den hungrigen Wölfen, die euch die Seele zerfraßen.
Einsteins Stimme war eine Stimme der Ströme.
Heines Stimme sang wie das Wasser in uns.
Mendelssohns Stimme der alten Berge
senkte sich herab, unsere trockenen Kehlen zu frischen.

Die Stimme Thälmanns wie ein verscharrter Strom,
sie schlug auf dem Kampfplatz des Menschen,
und eure Stimmen aus Kathedrale und Strombett all

hörte man von den hohen Felsen Europas
herniederfallen in einem ungeheuren Stromkatarakt.

Alle Ströme sprechen von dem, was du stürzt.
Taube Venen Bluts queren dein Gebiet
und die gefesselte Seele schüttelt sich in deiner Erde.

Freies Deutschland, Mutter dieses heimlichen Stromes,
der unterm Beil entspringt, der aus dem Kerker kommt
und die Schritte belebt des unsichtbaren Soldaten:
in der Nacht, im Nebel hört man deine erstickte Stimme
wachsen, sich vereinigen, sich formen und strömen
und singen mit deiner bejahrten Stimme den alten Gesang.

Ein neuer Strom fließt tief und mächtig daher
von deinem gemarterten Herzen. Deutschland,
aus dem Unglück erheben sich seine Fluten.
Die heimliche Stimme wächst nahe den roten Grenzen,
und der versunkene Mensch steht auf und wandelt.

Gesang auf den Tod und die Auferstehung Luis Companys'

Wenn am Hügel, wo andre Tote weiter-
leben wie blutige erdversenkte Samen,
dein Schatten wuchs und wuchs, bis die Luft erstarb
und das Gebild der schneeigen Mandel schrumpfte
und dein Schritt sich dehnte gleich einem kalten Hall,
der niedersank von einem eiserstarrten Dom,
pochte dein Herz an die allerewigsten Tore:
ans Haus der toten Führer Spaniens.

Jugendlicher Vater, gefallen mit der Blüte an der Brust,
mit der Blüte des katalanischen Lichts an der Brust,

mit der Nelke, naß vom unauslöschlichen Blut,
mit dem Mohn, lebendig über dem gebrochnen Licht,
deine Stirn hat die Unsterblichkeit des Menschen empfangen
unter den begrabenen Herzen Spaniens.

Deine Seele barg des Dorfes jungfräuliches Öl,
den herben Tau deiner goldenen Erde,
und Wurzeln alle des versehrten Kataloniens
empfingen aus dem Quell deiner Seele das Blut,
die Grotten der Totgewässer, wo das stürmende Meer
seine Bläue vernichtet unter unbändigem Schaum,
und der Mensch und das Vergessen schlummern im Duft,
den dein vergossenes Blut zurückließ auf der Erde.

Laß geschehen, daß in alle Himmelsbreiten des roten
  Kataloniens
und von Gipfel zu Gipfel der Felsen Spaniens
die Nelken hin und her wallen deiner lebendigen Wunde
und die Tücher netzen mit deinem heiligen Blut,
Kastiliens Söhne können dich nicht beweinen,
denn du bist in der Ewigkeit kastilischen Gesteins,
die Mädchen Galiciens beweinen, Flüssen gleich,
die Giganten-Söhne der asturischen Mine,
alle, Euzkadis Fischer und des Südens, sie, die einen anderen
gemordeten Hauptmann zu rächen haben in Granada,
deine Guerillero-Heimat läßt das Land erbeben
und findet Spaniens ehrwürdige Quellen.

Guerilleros aller Gebiete, Salud,
berührt das Blut, berührt es in der geliebten Erde;
es ist das gleiche, das auf die Regenweiten des Nordens
gefallen und auf den Süden der ausgedörrten Rinden:
greift sie an, die gleichen, bitteren Feinde,
erhebt ein einziges flammendes Banner:
geeint durch das Blut des Hauptmanns Companys,
das in der Erde sich vermählt dem Blute Spaniens.

Harte Elegie

Señora, groß machtest du, größer unser Amerika.
Du gabst ihm einen reinen Strom, mit ungeheuren
Wassern:
du gabst ihm einen hohen Baum mit unendlich vielen
Wurzeln:
einen, deinen Sohn, seines tiefen Landes würdig.
Alle haben wir nach ihm verlangt bei diesen stolzen
Blumen, die bedecken werden die Erde, in der du ruhst,
alle haben wir gewollt, er käme aus der Tiefe
Amerikas mitten durch Wildnis und Öde,
daß deine ermüdete Stirn so rühre
an seine edle Hand, voller Lorbeer und Abschied.

Doch andre sind gekommen durch Erdraum und Zeit,
Señora, und sie begleiten dich bei diesem bitteren Abschied,
für den sie dir verweigerten deines Sohnes Mund,
und ihm das entflammte Herz, das du bewahrtest.
Deinem Durst verweigerten sie das Wasser, das du erschufst,
und den entlegnen Quell trennten sie von seinem Mund.
Und nicht nützen Tränen auf diesem geborstenen Stein,
an dem eine Mutter aus Feuer und Nelken schlummert.

Schatten Amerikas, Helden gekrönt von Leidenschaft,
von Schnee, Blut, Weltmeer, Sturm und Tauben,
hierher: kommt zu der Leere, die diese Mutter in ihren
Augen
wahrte für den lichten Hauptmann, auf den wir warten:
lebendige und tote Helden unsres großen Banners:
O'Higgins, Juárez, Cárdenas, Recabarren, Bolívar,
Martí, Miranda, Artigas, Sucre, Hidalgo, Morelos,
Belgrano, San Martín, Lincoln, Carrera, alle,
kommt her, füllt aus die Leere eures großen Bruders
und daß Luis Carlos Prestes Luft in seiner Zelle spüre,
die mitreißenden Schwingen der Väter Amerikas.

Das Haus der Tyrannen hat heute eine ernsthafte
Anwesenheit, wie ein unermeßlicher Engel aus Stein,
das Haus des Tyrannen hat heute einen Besuch,
schmerzlich und schlafend wie einen ewigen Mond,
eine Mutter läuft durch das Haus des Tyrannen,
eine Mutter aus Jammern, aus Rache, aus Blumen,
eine Mutter aus Trauer, aus Bronze, aus Sieg,
sie wird immerfort blicken in die Augen des Tyrannen,
bis sie geschlagen in sie unsre tödliche Trauer.

Señora, heut erben wir deinen Kampf und deinen Kummer.
Wir erben dein Blut, das keine Ruhe fand.
Wir schwören bei der Erde, die dich jetzt empfängt
nicht zu schlafen, nicht zu träumen, bis daß zurückkehrt
dein Sohn.
Und wie in deinem Schoß sein Haupt gefehlt hat,
so fehlt uns die Luft, die seine Brust atmet,
so fehlt uns der Himmel, den seine Hand aufzeigte.
Wir schwören weiterzuführen die aufgehaltenen Adern,
die aufgehaltenen Flammen, die wuchsen in deinem Schmerz.
Wir schwören, daß die Steine, die dich aufgehalten sehn,
vernehmen werden des Helden Schritte, der zurückkehrt.

Es gibt keinen Kerker für Prestes, der seinen Diamanten
verbirgt.
Der kleine Tyrann möchte sein Feuer verstecken
mit seinen winzigen Flügeln einer eiskalten Fledermaus
und hüllt sich ein ins schmutzige Schweigen der Ratte,
die auf Raub geht in den engen Gängen des nächtlichen
Palastes.
Aber wie eine Glut aus Funken und Glanz
durch die Stäbe von ausgeglühtem Eisen
bricht hervor das Licht von Prestes' Herz
wie in Brasiliens großen Minen der Smaragd,
wie in Brasiliens großen Flüssen die Strömung,
und wie in unseren Wäldern großmächtiger Natur
hervorragt eine Statue aus Sternen und Laub,
ein Baum des dürstenden Erdreichs Brasiliens.

Señora, groß machtest du, größer unser Amerika.
Und dein Sohn kämpft mit uns in Ketten
an unserer Seite, von Licht erfüllt und Größe.
Nichts vermag das Schweigen der schonungslosen Spinne
gegen den Sturmwind, den seit dem heutigen Tag wir erben.
Nichts vermögen die langsamen Martyrien dieser Zeit
gegen sein Herz aus unbezwingbarem Holz.
Peitsche und Schwert, die deine Mutterhände
einherführten über die Erde wie eine strenge gerechte Sonne,
erhellen die Hände, die heut mit Erde dich bedecken.
Morgen werden wir alles ändern, was dein Haar versehrte.
Morgen werden wir zerbrechen den schmerzhaften Dorn.
Morgen werden wir lichtüberfluten den düstren
Kerker, den es gibt auf Erden.
Morgen werden wir siegen.
Und unser Hauptmann wird mit uns sein.

Gesang auf die Rote Armee
bei ihrer Ankunft an den Toren Preußens

Dies ist der Gesang zwischen Nacht und Tagesanbruch,
dies ist der Gesang,
der aus dem letzten Röcheln kommt wie aus dem geschlagenen Fell
einer blutigen Trommel,
der aus den ersten Freuden sproß, ähnlich dem blühenden
Zweig im Schnee und dem Sonnenstrahl auf dem blühenden Zweig.

Dies sind die Worte, die, das mit dem Tod rang, ergriffen
und die Silbe um Silbe wie schmutzige Wäsche die Tränen auswrangen,
bis des Schluchzens letzte bittere Nässe trocken war,
und aus dem Weinen all das gehärtete Haargeflecht wurde,
die Saite, der feste Faden, daß er das Frührot halte.

Brüder, wir können heut sagen: die Frühe bricht an,
schon können wir mit der Faust auf den Tisch schlagen,
der gestern noch unsere Stirn voller Tränen stützte.
Schon können wir den kristallhellen Turm erblicken
unserer mächtigen verschneiten Kordillere,
denn in dem hohen Stolz ihrer Schwingen aus Schnee
glänzt der strenge Glanz eines Schnees, der fern,
wo verscharrt des Eindringlings Krallen.

Die Rote Armee an den Toren Preußens. Hört es, hört es!
Verschattete, Gedemütigte, strahlende Helden mit
abgefallener Krone,
hört, ihr vernichteten verwüsteten niedergerissenen Dörfer,
hört, Gefolterte, Gehenkte, hört es, tote Guerilleros,
starr unter dem Rauhreif mit Händen, die noch immer das
Gewehr umklammern,
hört, ihr Mädchen, zerlumpte Kinder, hört, heilige Aschen
von Puschkin und Tolstoi, von Peter und Suworow,
hört in dieser Mittagshöhe den Schall,
der wie ein Donner an die Tore Preußens schlägt.

Die Rote Armee an den Toren Preußens. Wo sind
die tollwütigen Mörder, Totengruftgräber,
wo sind sie, die an die Tanne die Mütter aufhängten,
wo sind die Tiger mit Vernichtungsruch?
Sie sind zitternd hinter den Mauern des eigenen Hauses
und erwarten den Blitzstrahl der Strafe, und wenn all die
Mauern fallen,
sie werden kommen sehn die Tanne und die Jungfrau,
den Guerillero und das Kind,
sie werden die Toten kommen sehn und die Lebenden,
sie zu richten.

Hört, Tschecho-Slowaken, bereitet die härtesten
Zwingen vor und die Galgen und die Aschen Lidices,
auf daß sie geschluckt werden morgen vom Henker,
hört, ungeduldige Arbeiter Frankreichs, bereitet vor eure
unsterblichen Ströme,
auf daß in ihnen die ertränkten Eindringlinge treiben.

Bereitet vor die Vergeltung, Spanier, hinter der Sierra,
und an der Küste des glühenden Südens
reinigt den kleinen rostbefallenen Karabiner, denn
gekommen ist der Tag.

Das ist der Gesang des Tages, der anbricht, und der Nacht,
die endet.
Hört es gut, und aus dem gehärteten Leid gehe die sichere
Stimme hervor,
die nicht verzeiht, und nicht zittern soll der Arm, der straft.
Bevor ihr anhebt die Gesänge des menschlichen Erbarmens,
habt ihr noch Zeit, die vom Martyrium durchtränkten Erden
zu sehen.
Hißt morgen nicht die Fahne der Verzeihung
über den verruchten Söhnen des Wolfs und den Brüdern
der Schlange,
über denen, die bis zur letzten Messerschneide gelangten
und die Rose niederwalzten.

Dies ist des Frühlings Gesang, verborgen
unter Rußlands Erde, unter den Erstreckungen
der Taiga und des Schnees, dies ist das Wort,
das von der begrabenen Wurzel aufsteigt bis in die Kehle.
Von der Wurzel, die so viel Qual bedeckt vom Stamm,
den der bitterste Winter der Erde zerbrach, der Winter
des Bluts auf Erden.

Die Dinge aber gehn vorüber, und aus der Tiefe
der Erde wandelt der neue Frühling.
Seht die Kanonen, wie sie am Zugang Preußens blühen.
Seht die Mitrailleusen und Tanks, die
in dieser Stunde landen in Marseille.

Hört, wie das rauhe Herz Jugoslawiens
in der leergebluteten Brust Europas wieder schlägt.
Hierher, nach Mexiko und Chile, blicken die spanischen
Augen,
weil sie die Rückkehr erwarten ihrer umherirrenden Brüder.

Etwas geht vor in der Welt, wie ein Hauch, den zuvor wir
in den Wogen des Pulverdampfs nicht verspürten.

Dies ist der Gesang, von dem, was geschieht, und dem,
was sein wird.
Dies ist der Gesang des Regens, der fiel auf das Feld,
wie eine gewaltige Träne aus Blut und Blei.
Heute, da die Rote Armee an die Tore Preußens schlägt,
habe ich singen wollen für euch, für die ganze Erde,
diesen Gesang aus dunklen Worten,
auf daß wir würdig des Lichts, das da kommt.

»Ich habe in einigen Essays über meine Dichtung gelesen, mein Aufenthalt im Fernen Osten habe mein Werk in bestimmten Aspekten, zumal in *Aufenthalt auf Erden*, beeinflußt. In der Tat sind meine einzigen Gedichte jener Zeit *Aufenthalt auf Erden*, doch ohne bissig sein zu wollen, scheint mir die These von einem Einfluß ziemlich irrig... [Es] beeindruckte mich der Osten als eine große unglückliche menschliche Familie, ohne daß ihre Riten und ihre Götter sich in meinem Bewußtsein niederschlugen. Ich glaube daher nicht, daß meine Dichtung von damals etwas anderes spiegelt als die Einsamkeit eines in eine gewalttätige fremde Welt verpflanzten Ausländers.«[1]

Diese rückblickenden Bemerkungen von Pablo Neruda führen mitten in die Problemstellungen seines frühen Hauptwerkes, dessen erster Teil – er enthält 33 zwischen 1925 und 1931 geschriebene Gedichte – 1933 in Santiago de Chile und dessen zweite, um 23 Gedichte erweiterte Ausgabe 1935 in Madrid erscheint. Erst 1947 publiziert er in Buenos Aires den *Dritten Aufenthalt*, der 8 Gedichte umfaßt und dem er *Spanien im Herzen* (1937), seine *Gesänge für Stalingrad* und andere, im Zweiten Weltkrieg entstandene politische Arbeiten anfügt.[2]

Als Pablo Neruda *Aufenthalt auf Erden* schreibt und es ihm nach langem Hin und Her gelingt dieses Buch zu publizieren, äußert er mehrfach in seinen Briefen an den argentinischen Schriftsteller Héctor Eandi, er habe mit diesen Gedichten sein Bestes gegeben.[3] Diesem Urteil schließen sich – in Lateinamerika und in Spanien – Künstler, Kritiker und Leser uneingeschränkt an. Neruda, der vorher über die Grenzen Chiles hinaus kaum bekannt ist, macht sich nun international einen Namen und wird, als er 1934 als Konsul nach Spanien kommt, von der Generation der spanischen Dichter um Federico García Lorca, Rafael Alberti, Vicente Aleixandre, Gerardo Diego als einer der Ihren begrüßt und begeistert gefeiert: Im April 1935 erscheint in Madrid das Büchlein *Die spanischen Dichter ehren Pablo Neruda*, zusammen mit den *Drei Materialen Gesängen* aus dem *Zweiten Aufenthalt*. An dieser Bewertung hat sich bis heute, selbst bei so scharfen Kritikern wie Enrique Lihn, kaum etwas geändert.[4]

Anders jedoch Neruda selbst. 1949 erklärt er auf dem Weltfriedenskongreß von Mexiko, er widersetze sich einer neuen Publikation, da er nicht wolle, daß seine »alten Qualen junge Leben in Mutlosigkeit und Verzweiflung stürzten«, und seinem Freund Cardona Peña sagt er: »Wenn ich die Gedichte von *Aufenthalt auf Erden* heute betrachte, so halte ich sie für schlecht. Diese Gedichte darf die Jugend unserer Länder nicht lesen. Es sind Gedichte voll von entsetzlichem Pessimismus und furchtbarer Angst. Sie helfen nicht zu leben, sie helfen zu sterben.«[5] Wieder Jahre später, in seinen Memoiren, differenziert er diese Auffassung; dort schreibt er: »Auch ich habe mich einmal gegen *Aufenthalt auf Erden* ausgesprochen. Doch habe ich dabei nicht an die Poesie, sondern an das betont pessimistische Klima gedacht, das mein Buch atmet. Ich kann nicht vergessen, daß vor wenigen Jahren ein junger Mann aus Santiago am Fuß eines Baumes Selbstmord beging, neben sich mein bei dem Gedicht *Bedeutet Schatten* aufgeschlagenes Buch.«[6]

Diese unterschiedlichen Positionen erklären sich aus der unauflösbaren Einheit von Leben und Dichten bei Pablo Neruda. Darin besteht die wesentliche Konstante seiner Poetik, jenseits aller, zum Teil radikaler Umschwünge. Zunächst bedeutet diese Haltung freilich gar nichts Besonderes, denn wie die meisten seiner Altersgenossen wächst er mit Baudelaire, Verlaine und Rimbaud auf. Doch zeit seines Lebens werden Neruda seine verschiedenen Erfahrungen erst Realität, wenn er sie in Verse und Strophen umgeformt hat. Damit ist keinem Biographismus das Wort geredet, sondern auf die vorbehaltlose Ernsthaftigkeit und Leidenschaft hingewiesen, mit der der Dichter in seiner Kunst nach gültiger Wahrheit forscht, wobei die Totalität des Wahrheitsbegriffs sich niemals ändert, aber Standorte und Erkenntnisinteressen sich wandeln.

Als der junge Provinzler Pablo Neruda 1921 aus dem südchilenischen Temuco in die Hauptstadt Santiago kommt, integriert er sich sogleich in den Kreis der *verdammten Dichter,* die ihre Misere und gesellschaftliche Bedeutungslosigkeit nur selten durch gute Verse, meist aber mit Alkohol, Drogen und Ausschweifungen kompensieren. Er lebt in einer jämmerlichen Studentenbude, hat oft nichts zu essen und kleidet sich mit einem Eisenbahnermantel und einem Cordobeserhut. Doch er unterscheidet sich von dieser künstlerischen Bohème: Einmal ist er ein Dichter und kein Dilettant, und zum anderen entkommt er dieser Situation. Er endet nicht in Alkoholismus, geistiger Umnachtung oder durch Selbstmord wie fast alle seiner damaligen Freunde[7], und es gelingt ihm, Santiago de Chile zu verlassen, mit der Hoffnung, in der Ferne (am liebsten in Europa) bessere Bedingungen für eine sinnvolle Existenz zu finden. Doch er landet in Asien, wo er von 1927 bis 1932 chilenischer Honorarkonsul in Rangun, Colombo, Batavia (Jakarta) und Singapur ist und *»eine Zeit in der Hölle«* durchlebt.[8]

Menschlich, sprachlich, gesellschaftlich, kulturell isoliert und in erbärmlicher Armut – er bekommt ein lächerliches Entgelt, und auch dieses nur unregelmäßig – fühlt er sich im Fernen Osten noch verlassener als im provinziellen Santiago. Sein einziger Halt ist die Dichtkunst, die vollständig durchdrungen ist von seinem »unmenschlichen, unmöglichen Dasein«, von der »Anhäufung seiner ausweglosen Ängste«, vom »Rauch in seinem Herzen«.[9] In einem Brief an Eandi vom 17. Februar 1933 umschreibt er seine poetische Konzeption: »Eine Woge des Marxismus scheint die Welt zu durchlaufen... Tatsächlich kann man heutzutage nur Kommunist oder Antikommunist sein... Aber das gilt nur für die, die politisch, d. h. bürgerlich, existieren. Ich war früher ein Anarchist... Und immer noch bleibt mir etwas von dem Mißtrauen des Anarchisten gegenüber allen Formen des Staates, gegenüber der unreinen Politik. Aber ich glaube nicht, daß mein Standpunkt als romantischer Intellektueller von irgendeiner Bedeutung ist. Doch eines ist sicher, ich hasse die proletarische, die proletarisierende Kunst. Die systematische Kunst kann zu allen Zeiten nur Künstler minderer Sorte reizen. Es gibt hier eine Invasion von Oden auf Moskau, von Panzerzügen usw. Ich jedoch fahre fort, über Träume zu schreiben.«[10]

Das ist die Konzeption des von der Welt und von den Menschen isolierten Schreibens, die Konzeption der »Poésie pure«, der »reinen Dichtung«. Jede Berührung mit der Politik wird verabscheut. Als sich Neruda – zunächst in Buenos Aires, dann in Barcelona, vor allem aber in Madrid – mitten in einem Wirbel freundschaftlichen, künstlerischen und intellektuellen Austausches mit der Elite der spanischen und lateinamerikanischen Schriftsteller wiederfindet, verliert seine Selbstbezogenheit an Gewicht, öffnet er sich der Außenwelt. In unversteckter Polemik gegen Juan Ramón Jiménez (1881-1958), den geachtetsten Vertreter der »Poésie pure« in Spanien, überschreibt Neruda ein poetisches Manifest- es erscheint 1935 in der von ihm gegründeten Zeitschrift *Caballo Verde para la Poesía (Grünes Pferd für die Dichtung)* – mit dem Postulat *Para una poesía sin pureza (Für eine Poésie impure).* Dort heißt es: »Es ist sehr nützlich, zu bestimmten Stunden des Tages oder der Nacht die ruhenden Dinge tief zu betrachten: die Räder, die lange, staubige Entfernungen zurückgelegt haben, die Säcke von den Kohlenmärkten, die Fässer, die Körbe, die Henkel und Stiele an den Geräten des Zimmermanns. Die Berührung durch Menschen und Erde geht von ihnen aus als Lehre für den gequälten lyrischen Dichter... So soll die Dichtung sein, die wir suchen, von Handarbeit abgenützt wie von einer Säure, von Schweiß und Dunst durchzogen, von dem Geruch nach Urin und nach Lilie, die befleckt ist von allen innerhalb und außerhalb des Gesetzes ausgeübten Berufen. Eine Dichtung, unrein wie ein Kleid, wie ein Körper, mit Essensflecken und obszönen Gesten, mit Falten, Beobachtungen, Träumen, durchwachter Nacht, Prophezeiungen, Liebes- und Haßerklärungen, Bestien, Stößen, Idyllen, politischen Überzeugungen, Verneinungen, Zweifeln, Bejahungen, Steuern.«[11]

Angefangen mit *Spanien im Herzen,* das 1937 zum ersten Mal erscheint und 1947 in den *Dritten Aufenthalt* aufgenommen wird, entspricht Nerudas Dichtung ab diesem Zeitpunkt immer mehr den Vorstellungen der »Poésie impure«. Er engagiert sich für die spanische Republik, bekämpft den Faschismus, wird in Chile aktiver Politiker, tritt 1945 in die kommunistische Partei seines Landes ein, muß deshalb 1948 in den Untergrund und bis 1952 ins Exil, erlebt als Betroffener die Abrechnung mit dem Stalinismus auf dem 20. Parteitag der KPdSU. Nach dieser langen Phase überwiegend politischer Dichtung konzentriert er sich jetzt stärker auf existentielle Probleme. Das bedeutet eine Annäherung an die Fragen, mit denen er sich in *Aufenthalt auf Erden* abmühte. So ist auch sein spätes Urteil über sein frühes Werk zu verstehen.

Die spanische Dichtung nach dem Ersten Weltkrieg strebte nach grundsätzlicher poetischer Erneuerung, gleichzeitig wollte sie an die Dichtung des *Goldenen Zeitalters*, an den spanischen Barock anknüpfen. In dieser widersprüchlichen Zielsetzung unterscheidet sie sich von der französischen Avantgarde, die den radikalen Bruch mit der Tradition beabsichtigte. Als Pablo Neruda das erste Buch von *Aufenthalt auf Erden* verfaßt, kennt er García Lorca, Rafael Alberti und die anderen spanischen Dichter der »Generation von 1927« nur flüchtig.[12] (Sie werden so genannt, weil sie 1927 den 300. Todestag des nach ihrer Meinung zu Unrecht mißachteten Barockdichters Luis de Góngora feierlich begehen.) Vergleicht man sein dichterisches Verfahren mit dem der Spanier, dann erkennt man ganz ähnliche Tendenzen und versteht die wechselseitige Sympathie, die sie erfüllt, als sie sich treffen.

Schon bei der ersten Lektüre von *Aufenthalt auf Erden* spürt der Leser, daß hier jedes Versmaß, die gewohnte Abfolge des Sprechens in gebundener oder freier Rede, daß die Logik des Argumentierens und die gewohnten Zusammenhänge von Bildern in einzelne Stücke (»disiecta membra«) aufgelöst sind.[13] Von den überlieferten Regeln der Harmonie bleibt nichts mehr übrig; es herrschen Chaos, Desintegration. Wörter, Bilder, absolut gebrauchte Metaphern deuten auf Zerstörung, Verformung, Leere, Verlust, Auflösung, Scheitern, Untergang, Vergänglichkeit, Tod. Sie werden hart und unverbunden nebeneinander gesetzt. Vielfach haben sie ihren Ursprung in der Natur des chilenischen Südens: Regen, Kälte, Wind, Meer, Erde und Holz. Die beliebtesten Symbole der Hinfälligkeit sind Asche, Staub und Rauch. Vieles verharrt im Unbestimmten, Gespenstigen, hat die Gestalt undeutlicher und Schrecken erregender Träume. Die Bereiche der sinnlichen Wahrnehmung verfließen; Neruda ist ein Meister der Synästhesie. In gleicher Weise verfährt er mit Versmaß, Syntax und Rhythmus. Freie Verse mischen sich mit den traditionellen Elfsilblern und mit Alexandrinern in ungleichen Strophen bei häufigen Enjambements. Fast nie passen syntaktische Einheiten zur Länge der Verse. Sätze sind unvollständig, ohne Verben, reich an Gerundien; die Interpunktion folgt dem Eigenwillen des Dichters, der so den Rhythmus beschleunigt oder drosselt und dem Leser das Atemholen vorschreibt.

Diese Hinweise zeigen, daß *Aufenthalt auf Erden (1925–1935)* eine zersprungene Welt in eine paradoxe und labyrinthisch-barocke Form bringt. Das Subjekt steht allem anderen fremd und isoliert gegenüber. Ein letzter Rest von Gemeinsamkeit teilt sich in der Liebe mit. Nur die qualvolle Anstrengung des Künstlers – Neruda hat für die 33 Gedichte des *Ersten Aufenthaltes* sechs Jahre benötigt – und seine schöpferische Kraft ermöglichen die Konstitution einer Struktur im Gedicht.

Nachdem er 1932 endlich nach Chile zurückgekehrt ist und in Santiago einige langweilige Monate verbracht hat, ist Neruda von August 1933 bis Mai 1934 als chilenischer Konsul in Buenos Aires tätig, wo er durch Freunde Federico García Lorca kennenlernt. 1934 kommt er nach Spanien, zuerst nach Barcelona und dann im Februar 1935 nach Madrid. Die eineinhalb Jahre bis zum Ausbruch des Spanischen Bürgerkriegs sind die ereignisreichsten und schönsten in seinem Leben. Er fühlt sich wie neu auf der Welt, nimmt alles begierig auf, was sich ihm bietet an Kunst und Kultur, an literarischer Theorie und poetischer Verwirklichung, an Politik und Ideologie. Wie seine Freunde, stellt er sich entschlossen auf die Seite der Republik, für die er sich nach Kräften einsetzt und bekämpft den Faschismus. Er begegnet in dieser Zeit den Besten der abendländischen Künstler und Intellektuellen, nicht zuletzt auch vielen Lateinamerikanern: seinem Landsmann Vicente Huidobro, César Vallejo aus Peru, den Kubanern Nicolás Guillén und Alejo Carpentier, dem Mexikaner Octavio Paz. Schließlich vollzieht sich in seinem privaten Leben eine bedeutsame Veränderung: Er trennt sich von seiner ersten Frau, der Holländerin Maria Antonieta (Maruca) Hagenaar, die er 1930 auf Java geheiratet hat, und lebt von nun an mit der Argentinierin Delia del Carril zusammen. Sie teilt – im Unterschied zu Maruca – seine intellektuellen, künstlerischen und politischen Interessen.

Nerudas wichtigste Waffe ist das Wort, mit dem er zielsicher in den antifaschistischen Kampf eingreift. Vorbei sind die Zeiten des Rückzugs, jetzt gehört auch die Politik zu seinen Themen. *Spanien im Herzen* erscheint Anfang November 1937 in Santiago und ist sein Beitrag zur Bürgerkriegsliteratur. Verglichen mit seinen früheren Büchern, fallen zwei Eigentümlichkeiten auf: An die Stelle der schwer zugänglichen Bilderwelten tritt ein leichter verständliches, volkstümlicheres Sprechen; zweitens reiht sich Neruda in die große Tradition der spanischen Satiriker, Zeitkritiker und Moralisten ein. Er hat sich inzwischen gründlich mit den Dichtern des spanischen Barocks beschäftigt und sich besonders an Francisco de Quevedo (1580–1645) geschult. Wie dieser in den *Sueños* mit sämtlichen rhetorischen und satirischen Mitteln gegen den korrupten spanischen Hof und den moralischen Verfall seiner Zeit wettert, so greift Neruda in *Spanien im Herzen* Franco und seine Parteigänger an. Er verdammt ihn und die Generäle Sanjurjo und Mola in die unterste Hölle, wünscht ihnen die schlimmsten Qualen auf den Hals. Für ihn sind sie Hochverräter, die, wie einst im 8. Jahrhundert die islamischen Mauren, im Namen der Kirche mit heidnischen und mordlüsternen Afrikanern von Marokko nach Spanien einfallen. Dem konfrontiert er das Lob auf das spanische Volk, das sich mutig wehrt, auf die Helden der internationalen Brigaden.

Die Leidenschaft der Parteinahme manifestiert sich im Rückgriff auf die bewährten Mittel der literarischen Rhetorik, auf gehäufte Anrufe und Ausrufe, auf rhetorische Fragen, auf Aufzählungen, Wiederholungen, Übertreibungen, Verzerrungen, auf alle Formen pathetischen und emphatischen Sprechens. Der Vers unterwirft sich den syntaktischen Einheiten dieser Anklage- oder Verteidigungsreden, skandiert ihre Prosa und verleiht ihr einen atemlos stürzenden Rhythmus.

Den antifaschistischen Kampf setzt Neruda auch nach dem Sieg Francos konsequent fort. Als »Konsul für die spanische Emigration« in Paris rettet er 1939 mehr als 2000 Spaniern das Leben, als er sie auf dem umgebauten Frachtschiff »Winnipeg« nach Chile in Sicherheit bringt. Dann muß er selbst vor den deutschen Truppen nach Amerika fliehen. Auch dort hat er mit politischen Gedichten – sie bilden den letzten Teil des *Dritten Aufenthaltes* – gegen den Faschismus gekämpft. Sein *Gesang für Stalingrad* wird in Mexico-Stadt überall an die Mauern geschlagen, und den *Gesang für Bolívar* rezitiert er im Auditorium Maximum der Universität von Mexiko vor einer riesigen Menge von Zuhörern.

Karsten Garscha

1 Pablo Neruda, *Ich bekenne, ich habe gelebt. Memoiren.* Deutsch und mit einem Nachwort von Curt Meyer-Clason, S. 107.

2 Der erste Teil von *Residencia en la Tierra 1925-1933 (Aufenthalt auf Erden)* wird 1933 von Nascimento in Santiago de Chile in einer Luxusausgabe von 100 Exemplaren herausgebracht. 1935 erscheint in Madrid bei Cruz y Raya der erste und zweite Teil von *Residencia en la Tierra 1925-1935.* Diese Ausgabe ist die Textgrundlage aller späteren Nachdrucke. 1947 veröffentlicht Neruda bei Losada in Buenos Aires *Tercera Residencia (Dritter Aufenthalt).* Dieser Band gruppiert in fünf Abschnitten zwischen 1935 und 1945 entstandene Gedichte; Abschnitt IV ist *Espana en el Corazón (Spanien im Herzen),* das zum ersten Mal 1937 von Ercilla in Santiago publiziert wurde. Als verbindliche spanische Textgrundlage dieser Bücher gilt die Gesamtausgabe von Nerudas Werken, deren dritte und erweiterte Auflage 1968 bei Losada in Buenos Aires erschienen ist. Die deutsche Übersetzung der drei Teile von *Aufenthalt auf Erden* (einschließlich *Spanien im Herzen)* stammt von Erich Arendt.

3 Vgl. Margarita Aguirre, *Pablo Neruda – Héctor Eandi. Correspondencia durante »Residencia en la tierra«*, Editorial Sudamericana, Buenos Aires 1980.

4 Enrique Lihn, *Für eine Entmythologisierung Nerudas,* in: Karsten Garscha (Hg.), *Der Dichter ist kein verlorener Stein. Über Pablo Neruda,* Luchterhand, Darmstadt und Neuwied 1981, S. 214–219.

5 M. Aguirre, *Las vidas de Pablo Neruda,* Grijalbo, Mexico/Barcelona/Buenos Aires 1973, S. 135.

6 P. Neruda, *Ich bekenne, ich habe gelebt,* a. a. O., S. 373.

7 Siehe die Gedichte *Joaquíns Weggang* auf Joaquín Cifuentes Sepúlveda (gestorben 1928) und *Alberto Rojas Jiménez naht im Fluge* (A. R. J. ist am 25. 5. 1934 gestorben) und die entsprechenden Abschnitte in *Ich bekenne, ich habe gelebt* a. a. O., S. 49 ff. und S. 375).

8 Vgl. z. B. das Rimbaud-Zitat in seinem Brief vom 16. 1. 1928 an Héctor Eandi, in: M. Aguirre, *Correspondencia,* a. a. O., S. 42; siehe auch Emir Rodriguez Monegal, *El viajero inmóvil,* Losada, Buenos Aires 1966.

9 M. Aguirre, *Correspondencia,* a. a. O., S. 35, S. 33 und S. 42.

10 Ebenda, S. 117f. Mit den Panzerzügen wird angespielt auf den 1922 erschienenen und in Lateinamerika viel gelesenen Roman *Panzerzug Nr. 14-69* von Vsevolod Ivanov, der zur Gruppe der Serapionsbrüder in St. Petersburg gehörte. – Vgl. auch das Gedicht *Dichtkunst.*

11 P. Neruda, *Um geboren zu werden. Prosaschriften.* Herausgegeben von Matilde Neruda und Miguel Otero Silva, Luchterhand, Darmstadt und Neuwied 1980, S. 82f., hier: S. 82. Der Titel dieses Bandes ist ein Vers des Gedichtes *In den Wäldern geboren* aus *Dritter Aufenthalt.*

12 In einem Brief vom 5. Oktober 1929 an Héctor Eandi äußert sich Neruda sehr negativ über die jungen spanischen Dichter. Er schreibt: »Die jungen Dichter Spaniens sind arm wie Bettler, arm und ohne jede Größe.« (M. Aguirre, *Correspondencia,* a. a. O., S. 57).

13 Die erste umfassende und immer noch wichtige Studie zum frühen Werk von Pablo Neruda hat Amado Alonso 1940 in Buenos Aires veröffentlicht: *Poesía y Estilo de Pablo Neruda* ist heute in der Taschenbuchausgabe von EDHASA bequem zugänglich (Barcelona 1979). Dort findet man detaillierte Formanalysen der Gedichte von *Aufenthalt auf Erden.*

Chronologie
der wichtigsten Lebensabschnitte von Pablo Neruda und der Publikation seiner bedeutendsten Werke

12. Juli 1904	Geburt von (Ricardo Eliecer) Neftalí Reyes (Basoalto) in Parral (Südchile) als Sohn des Lokomotivführers José del Carmen Reyes und der Volksschullehrerin Rosa Neftalí Basoalto. Seit 1920 benutzt der Dichter das Pseudonym Pablo Neruda, das er am 28. 12. 1946 als seinen Namen legalisieren läßt. Seine Mutter stirbt sechs Wochen nach seiner Geburt an Tuberkulose.
1906	Umzug des Vaters nach Temuco (Südchile) und zweite Ehe mit Trinidad Candia Marverde.
1917	Veröffentlichung des ersten Artikels in der Zeitung *La Mañana* (Temuco).
1921	Neruda begibt sich zum Studium nach Santiago de Chile.
1923	Erstausgabe von *Crepusculario.*
1924	Erstveröffentlichung von *Zwanzig Liebesgedichte und ein Lied der Verzweiflung.*
1927-1932	Chilenischer Honorarkonsul in Rangun, Colombo, Batavia und Singapur.
1930	Hochzeit mit der Holländerin Maria Antonieta Hagenaar Vogelzanz.
1932	Rückkehr nach Chile. Zweite und definitive Ausgabe von *Zwanzig Liebesgedichte und ein Lied der Verzweiflung.*
1933	Erstausgabe von *Der begeisterte Schleuderer* (zehn Jahre nach der Abfassung). Chilenischer Konsul in Buenos Aires. Erste Begegnung mit Federico García Lorca. Erstausgabe von *Aufenthalt auf Erden (1925-1931).*
1934	Chilenischer Konsul in Barcelona. Geburt seiner Tochter Malva Marina. Lernt die Argentinierin Delia del Carril kennen.

1935 Chilenischer Konsul in Madrid. Die spanischen Dichter feiern ihn mit dem Buch *Homenaje a Pablo Neruda de los poetas españoles (Ehrengabe der spanischen Dichter an Pablo Neruda).* Publikation der Zeitschrift *Caballo Verde para la Poesia (Grünes Pferd für die Dichtung).* Publikation von *Aufenthalt auf Erden (1925–1935).*

1936 Nach dem Ausbruch des Spanischen Bürgerkriegs wird Pablo Neruda als Konsul abgesetzt. Trennung von Maria Antonieta Hagenaar Vogelzanz.

1937 Rede in Paris auf Federico García Lorca. Engagement zugunsten der spanischen Republik. Erstausgabe von *Spanien im Herzen.*

1938 Tod seines Vaters und seiner Stiefmutter. Politisches Engagement in Chile für Pedro Aguirre Cerda, den Präsidentschaftskandidaten der Volksfront.

1939 Chilenischer Konsul für die spanischen Emigranten in Paris. Organisiert die Überfahrt spanischer Flüchtlinge nach Chile auf dem umgebauten Frachtschiff »Winnipeg«.

1940 Chilenischer Generalkonsul in Mexico-Stadt.

1941 Die Universität von Mexico-Stadt publiziert *Gesang für Bolívar.*

1942 Liest im Auditorium maximum *Gesang für Stalingrad,* das dann überall in Mexico-Stadt als Plakat angeschlagen wird.
Tod seiner kranken Tochter Malva Marina.

1943 Reise in die USA. Triumphale Rückkehr nach Chile über Panama, Kolumbien, Peru (wo er Lima, Cuzco, Machu Picchu und Arequipa besucht).

1944 Erhält den Lyrik-Preis der Stadt Santiago de Chile.

1945 Wahl zum Senator für die nordchilenischen Provinzen Tarapacá und Antofagasta. Eintritt in die Kommunistische Partei Chiles.
Reise nach Brasilien.

1946 Wahlkampfleiter des chilenischen Präsidentschaftskandidaten Gabriel González Videla. Erste Begegnung mit Matilde Urrutia in Santiago.

1947 Publikation von *Dritter Aufenthalt.*

1948 Pablo Neruda hält am 6. Januar im Senat die Rede *Ich klage an* gegen den politischen Kurswechsel des Präsidenten González Videla; darauf wird er als Senator abgesetzt und polizeilich gesucht. Verbot der Kommunistischen Partei Chiles. Neruda lebt bis Februar 1949 im Untergrund.

1949 Abenteuerliche Flucht aus Chile. Ernennung zum Mitglied des Weltfriedensrates. Er trifft in Mexico-Stadt Matilde Urrutia wieder.

1949–1952 Exil. Zahllose Reisen nach Amerika, Europa und Asien (Indien, Volksrepublik China).

1950 Erstausgabe von *Der Große Gesang* in Mexico-Stadt. Erhält den Internationalen Friedenspreis.

1952 Aufenthalt auf Capri, zusammen mit Matilde Urrutia. Anonyme Publikation von *Die Verse des Kapitäns* in Neapel. Triumphale Rückkehr nach Chile.

1953 Erhält den Stalinpreis.

1954 Erstausgabe von *Elementare Oden* und *Die Trauben und der Wind.* Zahlreiche Reisen und Ehrungen.

1955 Trennung von Delia del Carril und endgültige Verbindung mit Matilde Urrutia.

1956 Erstausgabe von *Neue Elementare Oden.*

1957 Wahl zum Präsidenten des Chilenischen Schriftstellerverbandes.
Erstausgabe von *Drittes Buch der Oden.*

1958 Beteiligung am Präsidentschaftswahlkampf in Chile. Erstausgabe von *Estravagario (Extravaganzenbrevier).*

1959 Erstausgabe von *Seefahrt und Rückkehr.*

1960 Zahlreiche Reisen, Aufenthalte in Paris und in Kuba. Erstausgabe von *Heldenepos.*

1961 Ernennung zum korrespondierenden Mitglied des Instituts für Romanische Sprachen der Universität Yale (USA).

1962 Ernennung zum akademischen Mitglied der Philosophischen Fakultät der Universität von Chile in Santiago.

1964 Vortragsreihe zum 60. Geburtstag des Dichters in der Chilenischen Nationalbibliothek. Aktive Beteiligung am Präsidentschaftswahlkampf. Erstausgabe von *Memorial von Isla Negra.*

1965 Dr. h.c. der Universität von Oxford.

1966 Reisen in Nord- und Südamerika. Legalisiert in Chile seine im Ausland geschlossene Ehe mit Matilde Urrutia.

1967 Reisen in Europa.

1968 3. Ausgabe der *Vollständigen Werke* (Losada, Buenos Aires). Erstausgabe von *Die Hände des Tages.*

1969 Ernennung zum Präsidentschaftskandidaten der Kommunistischen Partei Chiles; Wahlkampf; Verzicht zugunsten von Salvador Allende. Erstausgabe von *Ende der Welt* und *Immer noch.*

1970 Erstausgabe von *Das entflammte Schwert* und *Die Steine des Himmels.* Wahlkampf; nach dem Sieg der Volksfront Ernennung zum Botschafter Chiles in Paris.

1971 Nobelpreis für Literatur.

1972 Aus Gesundheitsgründen Rücktritt von seinem Botschafterposten. Die Regierung und das chilenische Volk ehren Pablo Neruda im Nationalstadion von Santiago.

11. 9. 1973 Sturz und Tod von Salvador Allende.

23. 9. 1973 Pablo Neruda stirbt in Santiago de Chile.

1974 Publikation der Memoiren *Ich bekenne, ich habe gelebt* und der acht postumen Lyrikbücher *Die abgeschnittene Rose, Garten im Winter, 2000, Das gelbe Herz, Buch der Fragen, Elegie, Das Meer und die Glocken, Ausgewählte Mängel.*

1978 Publikation der Prosaschriften *Um geboren zu werden.*

Afrikaner Siehe *Marokkaner*
Agenaar Vogelzanz, M. A. Siehe *Hagenaar Vogelzanz, Maria Antonieta*
Alberti, Rafael (1902–1993); neben Federico García Lorca der bedeutendste spanische Dichter der *Generation von 1927* und enger Freund von Pablo Neruda. Träger des Cervantes-Preises von 1983.
Aleixandre, Vicente (1898–1984); einer der wichtigsten spanischen Dichter der *Generation von 1927* und sehr guter Freund von Pablo Neruda. Erhielt 1977 den Nobelpreis für Literatur.
Almeria Südspanische Stadt; dort scheitert der Aufstand gegen die Republik an der Entschlossenheit des sozialistischen Abgeordneten Gabriel Pradal. Die Stadt wird im Juni 1937 von deutschen Flugzeugen bombardiert.
Altolaguirre, Manuel (Manolo) Geboren 1905 in Málaga, gestorben 1959 in Burgos. Bedeutender spanischer Dichter und Buchdrucker der *Generation von 1927*, enger Freund Pablo Nerudas, dem er 1935 die Zeitschrift *Caballo Verde para la Poesía (Grünes Pferd für die Dichtung)* druckt.
Artigas, José Gervasio (1764–1850), südamerikanischer Unabhängigkeitsheld aus Uruguay, das er 1814 von den Spaniern befreit. Lebt von 1820 bis zu seinem Tod im Exil in Paraguay.

Barkarole Von italienisch *Barca* = Boot. Ursprünglich Lied der venezianischen Gondolieri; Lied oder Musikstück, meist im 6/8Takt.
Bebé Ehefrau von *Carlos Morla Lynch* (siehe dort).
Belgrano, Manuel (1770–1820), argentinischer General und Freiheitsheld, Mitglied der Junta von 1810.
Bliss, Josie Ein junges Mädchen aus Rangun, in die sich Neruda während seiner Zeit als chilenischer Konsul in Burma verliebt und die ihn mit ihrer Eifersucht bis nach Colombo verfolgt (vgl. P. Nerudas Memoiren, S. 111 f. und S. 121f.). Für sie schreibt er *Der Tango des Witwers* und *Josie Bliss (Aufenthalt auf Erden I und II)*.

Bolívar, Simon (1783–1830), venezolanischer General und größter Held der südamerikanischen Unabhängigkeitsbewegung, genannt *El Libertador* (Der Befreier), Führer der Befreiungskriege Venezuelas, Kolumbiens, Ecuadors und Perus. Sein Ziel sind die »Vereinigten Staaten von Südamerika«.

Cárdenas, Lázaro (1895–1970), mexikanischer General und Politiker, Staatspräsident von 1934 bis 1940. Unter seiner Regierung werden die britischen und nordamerikanischen Erdölgesellschaften enteignet. Er führt eine Landreform durch.

Carlos Siehe *Morla Lynch, Carlos.*

Carrera, José Miguel (1785–1821), erster Staatspräsident von Chile, Sohn und Bruder von Helden des chilenischen Unabhängigkeitskrieges. Seine beiden Brüder Juan José und Luis werden 1818 in Mendoza (Argentinien) zum Tode verurteilt und erschossen. Er selbst erleidet dasselbe Schicksal im Jahre 1821.

Carril, Delia del Argentinierin, die zweite Frau von Pablo Neruda. Er lernt sie 1934 in Madrid kennen und trennt sich 1955 von ihr.

Companys Jover, Luis (1883–1940), Rechtsanwalt, Journalist und führender Politiker der *Esquerra Republicana de Catalunya,* der Partei der katalanischen autonomistischen Linken, ist seit 1933 Präsident der Generalidad de Cataluña, der teilautonomen Regierung Kataloniens. Am 6. 10. 1934 ruft er die *República de Cataluña dentro de la Federación Española* (Katalanische Republik in der Bundesrepublik Spanien) aus, gegen die die Madrider Regierung unter Lerroux sofort durch Verhaftung des Rates der Generalidad und deren Auflösung vorgeht. Nach dem Sieg der Volksfront im Februar 1936 tritt das Katalonienstatut wieder in Kraft, wird die Generalidad wieder eingesetzt. Nach der Eroberung Kataloniens durch Francos Truppen flieht Companys 1939 nach Paris. Pétain liefert ihn Franco aus, der ihn 1940 hinrichten läßt.

Cotapos, Acario Chilenischer Musiker, Erzähler phantastischer Geschichten und guter Freund Nerudas, der ihn in seinen Memoiren einen »Erfinder von Sternen« nennt (S. 350).

Cuartel de la Montaña Eine der wichtigsten Kasernen in Madrid und Zentrum der Verschwörung – unter dem General Joaquín Fanjul – gegen die Spanische Republik in Madrid. Die republikanischen Milizen und loyalen Truppen greifen diese Kaserne an und nehmen sie am Mittag des 20. Juli 1936.

Dámaso = Dámaso Alonso (1898–1990), spanischer Dichter, Literaturwissenschaftler und Essayist, gehört zur Gruppe von Dichtern um Federico García Lorca und Rafael Alberti, die, weil sie 1927 den 300. Todestag des offiziell mißachteten spanischen Barockdichters Luis de Góngora y Argote feiern, die *Generation von 1927* genannt werden. Dámaso Alonso veröffentlicht aus diesem Anlaß 1927 eine Prosaübersetzung von Góngoras *Soledades*, zusammen mit einem Kommentar. Mitglied der Real Academia Española.

Delia Siehe *Carril, Delia del.*

Ebro Spanischer Fluß. Im Spanischen Bürgerkrieg findet vom 25. 7. bis 16. 11. 1938 die »Schlacht am Ebro« statt (am Unterlauf des Flusses zwischen Fayón, Gandesa und Tortosa). Die Republikaner verlieren mit 70 000 Mann, darunter 30 000 Toten, 200 Flugzeugen und großen Mengen von Waffen ihre gesamte Nordarmee. Die Nationalisten haben 33 000 Tote und gehen zum Angriff auf Katalonien über, womit die Schlußphase des Bürgerkriegs eingeleitet wird.

Federico Siehe *García Lorca, Federico*

Franco Bahamonte, Francisco (1892–1975), spanischer General und einer der Hauptverschwörer gegen die Spanische Republik. 1926 jüngster General Spaniens, 1934 schlägt er den Aufstand der asturischen Minenarbeiter brutal nieder, 1935 wird er Chef des Generalstabes. Beim Aufstand gegen dic Spanische Republik im Juli 1936 kommandiert er die spanische Afrika-Armee, wird Chef der nationalspanischen Regierung und Generalissimus. Regiert Spanien als Diktator (»Caudillo«), ist seit 1957 Staatschef, Regierungschef (bis 1973), Oberbefehlshaber der Streitkräfte und Führer der Einheitspartei. Er stirbt am 20. 11. 1975.

Fünftes Regiment Von der Kommunistischen Partei bei Ausbruch des Spanischen Bürgerkriegs aufgestelltes Regiment, das Ende Juli 1936 8000 Mann hat und nach dem Vorbild der Roten

Armee organisiert ist. Sein berühmtester Kommandant ist der italienische Kommunist Vittorio Vivaldi, alias »Carlos«, »Carlos Contreras«, »Arturo Sormuti« (verheiratet mit Tina Modotti). Andere Befehlshaber sind Enrique Líster, Juan Modesto und Valentin González (»el Campesino«).

García Lorca, Federico (1898–1936), der berühmteste spanische Dichter der *Generation von 1927* und einer der besten Freunde von Pablo Neruda, der ihn 1933 in Buenos Aires im Haus von Pablo Rojas Paz zum ersten Mal trifft. Vielfältig begabt, ist García Lorca vor allem als lyrischer Dichter und als Theaterautor wichtig. Bei Ausbruch des Spanischen Bürgerkriegs wird er im August 1936, 38 Jahre alt, bei Granada von Falangisten erschossen.

Garfias, Pedro (1901–1967), spanischer Dichter aus Andalusien, zum Umkreis der *Generation von 1927* gehörend und Freund von Pablo Neruda. Publiziert 1941 *Poesías de la guerra española* (Vgl. Nerudas Memoiren, S. 184f.).

Gerardo = Gerardo Diego (1896–1987). Spanischer Dichter und Literaturwissenschaftler, einer der wichtigsten Vertreter der *Generation von 1927,* gibt 1932 und 1934 die erste Anthologie dieser Dichtergruppe heraus *(Poesía española contempóranea).*

Góngora y Argote, Luis de (1561–1627), spanischer Barockdichter, Schöpfer des nach ihm benannten gongorinischen (gelehrten, »kulteranistischen«) Stils in der spanischen Dichtung. Die jungen spanischen Poeten der *Generation von 1927* haben ihn wiederentdeckt.

González Tuñón, Raúl Argentinischer Dichter, den Neruda 1933 in Buenos Aires kennenlernt und in Madrid wiedertrifft.

Guardia Civil 1844 gegründete kasernierte und militärisch ausgebildete und bewaffnete Gendarmerie, die auf dem Land eingesetzt wurde und bei der Bevölkerung überaus verhaßt war (in grüner Uniform und mit einem schwarzglänzenden Dreispitz auf dem Kopf). Am Ende der Monarchie (1931) hat sie 30000 Mann und wird von dem General Sanjurjo, einem der Hauptgegner der Spanischen Republik, befehligt. 1936 ist sie größtenteils auf der Seite der Aufständischen.

Hagenaar Vogelzanz, Maria Antonieta Holländerin, erste Frau von Pablo Neruda. Er heiratet sie 1930 in Batavia (Java) und trennt sich 1936 von ihr. Ihre (kranke) Tochter Malva Marina wird 1934 geboren und stirbt 1942.
Hernández, Miguel (1910–1942), spanischer Lyriker bäuerlicher Herkunft; kommt nach Madrid und tritt dort mit Pablo Neruda und den spanischen Dichtern der *Generation von 1927* in enge Verbindung. Im Spanischen Bürgerkrieg kämpft er als Soldat auf republikanischer Seite. Er wird später vom Francoregime zum Tode verurteilt, dann begnadigt und zu 30 Jahren Haft verurteilt; 1942 stirbt er im Gefängnis von Alicante.
Hidalgo y Costilla, Miguel (1753–1811), mexikanischer Geistlicher und Freiheitsheld. Führer des Aufstandes von Dolores (1810).

Internationale Brigaden Während des Spanischen Bürgerkriegs kämpfen auf der Seite der Republik insgesamt 40 000 Ausländer aus über 50 Ländern (vor allem aus Frankreich, Deutschland und Österreich, der UdSSR, Italien, England, Nordamerika und Kanada). Es werden 5 Brigaden aus je 3 bis 4 Bataillonen aufgestellt (numeriert von 11–15): die 11. Brigade im Oktober 1936, die 12. im November 1936, die 13. im Dezember 1936, die 14. im Februar 1937 und die 15. im Juli 1937. Sie werden am 15. 12. 1938 aufgelöst und verabschiedet.

Jarama Fluß südlich von Madrid. Vom 5.–15. Februar 1937 tobt hier die »Schlacht am Jarama«. Die Aufständischen, überwiegend marokkanische Truppen, versuchen, Madrid von der Verbindung nach Valencia abzuschneiden. Die republikanischen Truppen, unterstützt von den Internationalen Brigaden, können dies verhindern. Auf beiden Seiten werden schwere Waffen, Panzer und Flugzeuge eingesetzt.
Joaquín = Joaquín Cifuentes Sepúlveda (1900–1928), Jugendfreund von Pablo Neruda aus seiner Zeit in Santiago de Chile (1921–1927).
Juárez Garcia, Benito (1806–1872), mexikanischer Staatsmann indianischer Herkunft mit sozialreformerischer und nationalstaatlicher Konzeption. 1859 Vizepräsident Mexicos: Seine Reformgesetze führen zum Bürgerkrieg (1859–1861). Als

mexikanischer Staatspräsident (1861–1871) kämpft er erfolgreich gegen die Intervention von Spanien, Großbritannien und Frankreich, die den Habsburger Maximilian zum Kaiser und Staatsoberhaupt von Mexico machen wollen. Er läßt Maximilian 1867 erschießen.

Larco, Jorge Ehemann von María Luísa Bombal, einer chilenischen Schriftstellerin, die Neruda 1933 in Buenos Aires kennenlernt.

Lidice Ort westlich von Prag, der als Vergeltung für die Ermordung von Richard Heydrich, des »stellvertretenden Reichsprotektors von Böhmen und Mähren« durch einen tschechischen Patrioten von der Gestapo am 10. Juni 1942 zerstört wird (190 Männer werden erschossen, 52 von 195 Frauen sterben im Konzentrationslager Ravensbrück, 98 Kinder kommen in SS-Lager).

Lincoln, Abraham (1809–1865), 16. Präsident der Vereinigten Staaten von Nordamerika (1861–1865). In Lateinamerika ist er geachtet wegen seines entschiedenen Kampfes gegen die Sklaverei. Seine Wahl zum Präsidenten führt zum Abfall der Südstaaten und zum Sezessions-Krieg. Er wird am 15. April 1865 von dem Rassisten J. W. Booth ermordet.

Líster, Enrique General der republikanischen Armee im Spanischen Bürgerkrieg, einer der Kommandanten des *Fünften Regiments.* André Malraux hat ihn als »Manuel« in seinem Bürgerkriegsroman *Die Hoffnung* gezeichnet.

Malva Marina Die Tochter Nerudas von seiner ersten Frau Maria Antonieta Hagenaar Vogelzanz. Das kranke Mädchen wird 1934 geboren und stirbt 1942.

María Luísa = María Luísa Bombal, chilenische Schriftstellerin, die Pablo Neruda 1933 in Buenos Aires kennenlernt.

Marokkaner Das in Marokko stationierte spanische Afrika-Heer ist, unter dem Kommando von General Franco, ganz auf der Seite der Aufständischen gegen die Spanische Republik (Beginn des Aufstandes in Marokko: 18. Juli 1936). Es besteht aus zwei Truppenteilen: den 1911 gegründeten »regulären Truppen« (marokkanische Soldaten unter spanischen Offizieren und Unteroffizieren) und der 1924 von Franco mitaufgebauten »Fremdenlegion« (90% Spanier). Es wird geschätzt, daß nicht weniger als 100 000 Marokkaner im Bürgerkrieg kämpften. Francos Leibwache besteht bis 1956, als Marokko unabhängig wird, aus Marokkanern.

Martí, José (1853–1895), kubanischer Dichter und Nationalheld; Führer des Befreiungskampfes gegen die spanische Kolonialmacht, in dem er 1895 fällt.

Maruca So nennt Pablo Neruda seine erste Frau *Maria Antonieta Hagenaar Vogelzanz* (siehe dort).

Mauren Siehe Marokkaner.

Mella, Julio Antonio Gründer der Kommunistischen Partei Kubas (1925). Er wird 1929 auf Veranlassung des kubanischen Diktators Machado in Mexiko ermordet. Er ist mit Tina Modotti befreundet, die diesen Mord miterlebt.

Méndez, Concha Spanische Dichterin aus dem Umkreis der *Generation von 1927*, Freundin von Pablo Neruda.

Miranda, Francisco de (1752–1816), venezolanischer General, gemeinsam mit Simon Bolívar Führer des nationalen Aufstandes gegen die Spanier.

Modesto Guilloto, Juan Köhler, dann Unteroffizier in der spanischen Fremdenlegion unter Franco in Marokko; wird Kommunist und Armeeführer auf der republikanischen Seite im Spanischen Bürgerkrieg, ist einer der Kommandanten des *Fünften Regiments* (siehe dort).

Modotti, Tina Italienische Fotografin und Kommunistin, Freundin des Gründers der Kommunistischen Partei Kubas, *Julio Antonio Mella* (siehe dort), später verheiratet mit Vittorio Vidali, dem Kommandanten »Carlos« des *Fünften Regiments* (siehe dort) der republikanischen Armee im Spanischen Bürgerkrieg. Sie stirbt 1941 in Mexico-Stadt (Vgl. P. Neruda in seinen Memoiren, S. 325 f.).

Mola Vidal, Emilio (1887–1937), spanischer General und einer der Hauptverschwörer gegen die Spanische Republik. Er ist am Ende der Monarchie (1931) Leiter der Geheimpolizei. Anfang 1936 plant er den Aufstand, um »die Ordnung, den Frieden und die Gerechtigkeit« in Spanien wiederherzustellen; im Oktober 1936 übernimmt er den Oberbefehl über die nationalistischen Truppen, die Madrid angreifen, und im März leitet er die Offensive im Baskenland. Am

3. Juni 1937 kommt Mola bei einem Flugzeugabsturz ums Leben.

Molinari, Ricardo Argentinischer Lyriker, lebt ab 1933 mehrere Jahre in Spanien, wo er mit den spanischen Dichtern der *Generation von 1927* und mit Pablo Neruda befreundet ist.

Morelos y Pavón, José María (1765–1815), mexikanischer Patriot, der an der Seite von Hidalgo für die Befreiung seines Landes aus der spanischen Kolonialherrschaft kämpft.

Morla Lynch, Garlos Chilenischer Dichter und Diplomat, guter Freund von Federico García Lorca und der *Generation von 1927.* Vermittelt das Manuskript von *Aufenthalt auf Erden* an Rafael Alberti und steht mit Neruda in engem Kontakt, als dieser in Madrid lebt.

Norah = Norah Lange, argentinische Schriftstellerin, die Neruda 1933 in Buenos Aires kennenlernt.

November (7. November) Siehe *Siebenter November.*

O'Higgins Riquelme, Bernardo (1776–1842), chilenischer General, einer der Hauptanführer im Kampf um die nationale Unabhängigkeit Chiles.

Oliverio = Oliverio Girondo (1891–1967), argentinischer Schriftsteller, den Neruda 1933 in Buenos Aires kennenlernt.

Otero Silva, Miguel (1908–1985), venezolanischer Dichter und Romancier, enger Freund von Pablo Neruda; Mitbegründer und Chefredakteur der Zeitung *El Nacional,* in der Neruda am 4. 10. 1947 seinen *Persönlichen Brief für Millionen von Menschen* veröffentlicht, um gegen den »Verrat« des chilenischen Staatspräsidenten *González Videla* (siehe dort) zu protestieren.

(La) Pasionaria = Dolores Gómez Ibárruri (1895–1989), 1920 Mitbegründerin der Kommunistischen Partei Spaniens, 1942–1960 Generalsekretärin, kehrt 1977 aus dem Exil in der UdSSR nach Spanien zurück. Erwirbt sich legendären Ruhm durch ihren leidenschaftlichen Einsatz für die Republik während des Spanischen Bürgerkriegs. Später Ehrenvorsitzende der K. P. Spaniens.

Patagonier (Indianische) Einwohner von Patagonien, des südlichsten Teils Südamerikas (südlich des Río Colorado), überwiegend zu Argentinien gehörig.
Peter = Zar Peter I., der Große (1672–1725).
Prestes, Luís Carlos Brasilianischer Arbeiterführer. Seit 1943 Generalsekretär der Kommunistischen Partei Brasiliens. Während der Diktatur von Getulio Vargas in Rio de Janeiro im Gefängnis. Siehe auch *Señora.*
Puschkin, Alexander Sergejewitsch (1799–1837), wegweisender russischer Dichter und Schriftsteller (Hauptwerke: *Eugen Onegin, Boris Godunow).*

Quevedo y Villegas, Francisco de (1580–1645), einer der bedeutendsten Dichter und Schriftsteller des spanischen »Goldenen Zeitalters«. Pablo Neruda hat sich Quevedos satirische Feder vielfach zum Vorbild genommen. 1935 gibt er dessen *Todessonette* mit einer Einleitung heraus.

Rafael Siehe *Alberti, Rafael.*
Raúl Siehe *González Tuñón, Raúl.*
Recabarren, Luis Emilio (1876–1924), chilenischer Arbeiterführer, Gründer der Kommunistischen Partei Chiles.
Regiment Siehe *Fünftes Regiment.*
Rojas Giménez, Alberto (1900–1934), chilenischer Dichter aus dem Kreis der künstlerischen Bohème, mit der Neruda in Santiago von 1921 bis 1927 verkehrt. Er stirbt am 25. Mai 1934 an Lungenentzündung (Vgl. P. Neruda, Memoiren, S. 49ff.).
Rosales Gamacho, Luis Spanischer Dichter, Freund von Federico García Lorca und Pablo Neruda; in seinem Haus wird García Lorca 1936 verhaftet. Träger des Cervantes-Preises und Mitglied der Real Academía Española.
Rubén Siehe *Darío, Rubén.*
(La) Rubia = Sara Tornú, die Frau von Pablo Rojas Paz. Neruda befreundet sich mit dem Ehepaar 1933 in Buenos Aires. In ihrem Haus trifft er am 13. Oktober 1933 Federico García Lorca zum ersten Mal.

Sanjurjo Sacanell, José (1872–1936), spanischer General und einer der Hauptverschwörer gegen die Spanische Republik. Veteran des Spanisch-Nordamerikanischen Krieges von 1898 und Kuba, Puerto Rico und der Philippinen, nimmt er 1923 teil am Putsch des Generals Primo de Rivera, bringt 1927 den Marokko-Krieg siegreich zu Ende und wird Kommandeur der *Guardia Civil* (siehe dort). Im August 1932 putscht er erfolglos gegen die Republik, wird zum Tode verurteilt, begnadigt. Am 20. Juli 1936 kommt er bei einem Flugzeugabsturz ums Leben.
San Martín, José de (1778–1850), argentinischer General, südamerikanischer Freiheitsheld; kämpft für die nationale Unabhängigkeit von Argentinien, Chile und Peru.
Señora = Leocadia Felizardo de Prestes, die Mutter des brasilianischen Kommunistenführers *Luís Carlos Prestes* (siehe dort). Als sie am 18. Juni 1943 in Mexico-Stadt stirbt, bemühen sich viele Lateinamerikaner vergeblich, den brasilianischen Diktator Getulio Vargas zu bewegen, Prestes zur Beerdigung seiner Mutter nach Mexiko reisen zu lassen. Pablo Neruda trägt bei ihrem Begräbnis das Gedicht *Harte Elegie* aus *Dritter Aufenthalt* vor.
Siddharta Name des Buddha.
Siebenter November 7. November 1936: Das der Spanischen Republik treue Madrid wehrt unter dem Kommando von General Miaja den Angriff der Aufständischen unter dem Befehl des Generals Mola ab.
Sucre, Antonio José de (1795–1830), General der venezolanischen Befreiungsarmee unter Bolívar. Präsident der Republik Bolivien von 1826 bis 1828.
Suworow, Alexander Wassiljewitsch (1730–1800), hervorragender russischer General. Nach ihm ist der Suworow-Orden, eine hohe militärische Auszeichnung der UdSSR, benannt.

Teruel Spanische Stadt, 150 km nordwestlich von Valencia. Im Spanischen Bürgerkrieg ist die Stadt zwischen Mitte Dezember 1937 und Mitte Februar 1938 hart umkämpft. 15. 12. 1937 – 8. 1. 1938: Offensive der Republikaner; 17. 1. bis 22. 2. 1938: erfolgreiche Gegenoffensive der Nationalisten. Franco beginnt danach die Offensive an der Aragón-Front.

Tolstoi, Leo (1828–1910), herausragender russischer Dichter und Schriftsteller (Hauptwerk: *Krieg und Frieden*, 1864–1869).

Ugarte, (Rafael) Wahrscheinlich Manuel Ugarte (1878 bis 1951), argentinischer Schriftsteller und Diplomat.
Urrutia, Matilde Die dritte Frau von Pablo Neruda. Er trifft sie 1946 zum ersten Mal in Chile, begegnet ihr dann 1949 in Mexiko wieder, wo sie ihn pflegt, als er schwer erkrankt. Ein Kind, das sie von Pablo erwartet, verliert sie auf einer Reise nach Guatemala (1950). Beide verleben im Winter und Frühjahr 1952 eine glückliche Zeit auf Capri. Aus dieser Liebe entstehen *Die Verse des Kapitäns* (1952). 1966 legalisiert Neruda seine Ehe mit Matilde Urrutia in Chile.

Villamediana, Graf von (Juan de Tassis y Peralta) Geboren 1582 in Lissabon, nach abenteuerlichem Leben 1621 in Madrid ermordet; spanischer Satiriker, dessen *Poesías* Neruda 1935 mit einer Einleitung in Madrid herausgibt und an denen er sich für seine eigene Dichtung inspiriert.

Inhalt

Aufenthalt auf Erden 1
(1925–1931)

Aufenthalt auf Erden 2
(1931–1935)

Dritter Aufenthalt
(1935–1945)

dtv drei kontinente

Francis Bebey: Eine Liebe in Duala (11749)
Gioconda Belli: In der Farbe des Morgens (11565)
  Tochter des Vulkans (11678)
J. M. Coetzee: Im Herzen des Landes (11566)
Gamal al-Ghitani: Der safranische Fluch oder wie Impotenz die Welt verbessert (11785)
Bessie Head: Die Schatzsammlerin (11639)
Nâzím Hikmet: Die Luft ist schwer wie Blei (11570)
  Eine Reise ohne Rückkehr (11776)
Ruth Prawer Jhabvala: Eine Witwe mit Geld (11569)
  Die Liebesheirat (11811)
Yasunari Kawabata: Handtellergeschichten (11621)
Yaşar Kemal: Anatolischer Reis (11803)
V. S. Naipaul: An der Biegung des großen Flusses (11694)
  Eine islamische Reise (11734)
Jusuf Naoum: Die Kaffeehausgeschichten des Abu al Abed (11768)
Pablo Neruda: Aufenthalt auf Erden (11815)
  Der Große Gesang (11816)
  Liebesgedichte (11817)
  Letzte Gedichte (11818)
  Ich bekenne, ich habe gelebt (11819)
Alifa Rifaat: Erste Liebe – letzte Liebe (11586)
João Guimarães Rosa: Grande Sertão (11598)
Nawal El Saadawi: Hamidas Geschichte (11571)
  Eine Frau am Punkt Null (11714)
  Gott stirbt am Nil (11810)
Ghada Samman: Alptraum in Beirut (11567)
  Mit dem Taxi nach Beirut (11646)
José Mauro de Vasconcelos: Meine Brüder, der Wind und das Meer (11572)
  Wenn ich einmal groß bin (11736)

Drei Kontinente. Ein Lesebuch aus Lateinamerika, Asien, Afrika und der arabischen Welt (11658)
Die Hälfte des Himmels. Frauen in Lateinamerika, Afrika, Asien und der arabischen Welt (11719)

11568
Erzählungen, Reportagen, Gedichte von Menschen aller Rassen und Religionen aus Lateinamerika, Afrika, Asien und der arabischen Welt.

11569
Von europäischen Selbstverwirklichungs-Touristinnen, von missionarisch angehauchten Wohlfahrtsclub-Memsahibs und natürlich vom Kampf der indischen Frauen gegen die Fesseln der Konvention.

11570 (Sept. '92)
Im poetischen Werk dieses größten türkischen Dichters im 20. Jahrhundert spiegelt sich beispielhaft die Geschichte der Türkei und ihrer Menschen wider, in deren Dienst er sein eigenes Leben stellte.

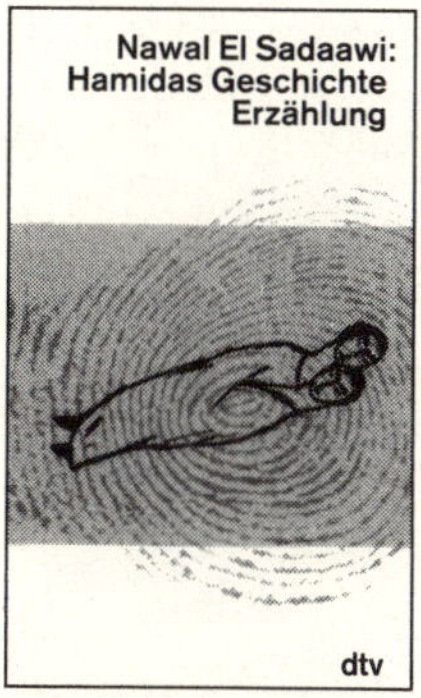

11571 (Sept. '92)
Mit hypnotischer Intensität schildert Nawal El Sadaawi, die ägyptische Vorkämpferin der Frauen aus der patriarchalischen Gewalt, das Schicksal des Mädchens Hamida.

11572 (Sept. '92)
Der Waisenjunge Chicão auf der Suche nach einer »lebenswerten Existenz«. Ein Schicksalsroman und bei aller Sozial- und Gesellschaftskritik eine Liebeserklärung an Brasilien.

Carlos Fuentes

»Südlich eurer Grenze... erstreckt sich ein Kontinent, der sich in voller revolutionärer Gärung befindet – ein Kontinent, der unermeßliche Reichtümer birgt und der dennoch in einem solchen Elend und solcher Trostlosigkeit lebt, wie ihr sie nie gekannt habt...« Rede an die Bürger der USA

dtv 10043

»Revolutionen, ketzerische Passionsgeschichte, Tod, Auferstehung, Reisen ohne Ziel, Blut, Feuer, Perversionen. Alte Welt, Neue Welt, Andere Welt... Ein faszinierendes Werk und sicher große Literatur.« (Die Welt)

dtv